一个人就是一支骑兵

毕淑敏 —————— 著

湖南文艺出版社
HUNAN LITERATURE AND ART PUBLISHING HOUSE

博集天卷
CS-BOOKY

一个人
就是
一支骑兵

一个人
就是——
一支骑兵

一个人——就是一支骑兵

8

一个人
就是——
一支骑兵

一个人
就是——
一支骑兵

目 录

Contents

我曾行进在漫天皆白的冰雪中，在一支骑兵的中段靠后位置，那时还不到 17 岁的年龄，在藏北边防线上。在无比艰难地跋涉中，我往前看，是英勇攀缘的战友；向后看，也是英勇攀缘的战友。我明白自己是队列中的一员，只能做一件事——攀缘。那时的我很懦弱，高寒与缺氧像两把冰锥，揳入我的前胸后背。极端的苦乏，让我想到唯一解脱的方法就是自杀。我用仅存的气力做告别人世的准备，可是因为我在连绵不绝的队列中，队列的节奏感和完整性，让我找不到机会对自己下手，就这样拽着马尾翻过雪山，被迫保全了性命。

之后，我对军队生出一种敬畏和崇拜。

军队是有头有尾的，也有心脏。司令部就是军队的指挥中枢，而司令员就是至高无上的王。无论情况多么急，无论条件多么恶劣，无论事态多么复杂，无论困难多么重峦叠嶂，指挥机关总是无比镇定和胸有成竹。它冷静而清醒，不出昏着儿，不忘乎所以。胜不骄败不馁，紧张地运筹帷幄。我私下里曾想，司令员永远是不可战胜的吗？他可有孤单无能的时刻？一次，司令员病了，卫生科长派我去给他输液。

司令员虚弱地躺在白色被子里，须发杂乱，同寻常庄户老汉并无太大的区别。他的萎靡让在一旁看护他的我，有了发问的勇气。

趁他神志稍清醒，我说，司令员，您可有胆小的时候？

他看着输液瓶里眼泪般溅落的药水说，有。

我说，什么时候？

他说，就是现在。我不知道我还要躺多久，才能站起来指挥我的队伍。

在那时的我看来，这个回答同没回答差不多。

一支军队是有政委、有政治部的，它看起来有些儒雅气，虽说也佩带着枪，杀气却不浓重。但你不可小觑，它坚硬如铁又心细如发。它的勇气是深藏不露的，永远知道最初的方向和最后的目的地。知道我们何时软弱，它会给予激励；知道我们何时轻敌，它会给予警示；知道我们何时灰心丧气举步不前，它会给予鞭策……政委经验丰富，处事老到，表面上不动声色，内里洞若观火。说起我对政委的好感，还来源于一份血缘。我的父亲曾是一位师政委，这使得我近水楼台先得月地敢于探询政委的内心世界。

您是什么时候变得像一个政委的？我问父亲。

这句话有很大的语病，如果问别的政委，可能会被批评。好在他是我的父亲，原谅我的好奇和冒犯。

他说，嗯，政委是慢慢变成的。

我说，具体是什么时候呢？比如是您30多岁？40多岁？还是更老的时候？

　　他说，很难找到一个具体的时间，总之变化是逐渐发生的。你先要做自己的政委，然后才能做大家的政委。

　　这句话，我也不大懂。当时认为主要区别在于——当自己的政委不用任命，而成为一支军队的政委，是需要更高机构任命的。直到很久以后我才醒悟，一个当不好自己的政委的人，不配给更多的将士当政委。

　　说完了一支军队的司令员和政委，就要说后勤部长了。通常我们想起后勤部长，总伴着食堂的烟火气。后勤部掌管的就是粮草之事，虽说有"兵马未动，粮草先行"的古话罩着，但比较起来，后勤部的重要性还是稍逊一筹。比如，破釜沉舟，砸坏的都是属于后勤部的设备，可见对打胜仗来说，后勤部是可以暂时割舍的。起码离开几小时或是一天，没有太大的风险。

　　我一回忆起当年阿里军分区的后勤部长就想笑，他有点邋里邋遢，单帽的檐总是捋不直，好像被特意发了一个伪劣品。我们是新兵，但帽檐笔直。后来才明白，只有极老的兵，才敢藐视军纪。发夏装的时候，他说，这几个女娃娃怎么能在雪山上穿单衣呢？快给基地打报告，把她们的夏装换成冬装，才不会落下病。

　　那时候的藏北高原比现在要冷。在一个风和日丽的冬日，我随手拿了温度计到室外去测，得到的数据是零下38摄氏度。我有365天都没有脱下过棉裤的记录，膝关节还是如小虫噬咬。男兵的夏装和冬装式样相同，只是一个瘦些一个宽松些。男兵领夏装的时候故意放大一号，就可以把夏装罩在棉衣棉裤上。女式军服夏装有掐腰和小翻领，想要把它套在棉袄棉裤之上简直痴心妄想。

那时年轻的我们，其实很想在严寒的风雪中，穿半开领的夏装窈窕过市，让众多的男性士兵侧目。至于久远的损害，我们完全顾及不到。后勤部长铁嘴断金，一句话毁了少女们扮俏的梦想。那时我们是愤愤的，便私下里骂他军阀作风。后勤部长似乎能掐会算，他说，你们现在骂我，将来会感激我，傻娃娃啊。女式夏装在严寒的高原，的确是没有用武之地的鸡肋。勉强穿戴，关节炎、气管炎一定会缠上我们。现在我已年逾花甲，还未曾骨折且没有大关节的红肿热痛，这和后勤部长的"军阀作风"密切相关。

以上是我对一支作战军队基本配置的了解。

也许你要说，哦，你忘了，还有武器。

是的，军队不能没有武器，骑兵不能没有马。但这对骁勇的军队来讲，并不是最重要的。

那时我有一支步枪，我练到闭着眼睛能在几分钟之内迅速拆解组装，也用它打出了优秀的成绩。我一直以为配给我这种小兵的枪，一定是无名鼠辈。直到我退役很多年之后，才知道它是大名鼎鼎的AK-47的一个版本。枪械是不断改进的，武器是不断发展的，然而如果没有人来操控，枪就是钢铁的生冷拼装，无人机也不过是求婚时的玩具。虽然由于级别的不同，枪和无人机的性能也会有天壤之别，但骨子里，它们是没有生命的。马是骑兵的伴侣，但马服从人。

一个人就是一支骑兵，你要有勇气。你能掌握什么技术，这并不是最关键的。普天下的本领千千万，归根结底，都是枪和无人机的远房亲戚。

你之所以成为你，是因为你有你的司令员和政委，你有你的后勤部长，你是你自己的小兵，又是你自己的统帅。

你要知道这支军队向何处去。你要在这支军队沮丧的时候给它打气。你要在这支军队迷路的时候，做它永不失灵的 GPS。你要在这支军队忘乎所以的时候，适时地给它兜头浇一盆冷水。你要在这支军队重伤的时候，给它输血，给它包扎。你要在这支军队畏葸不前的时候，擂响战鼓。你要在它恬然酣睡的时候吹起冲锋号。你要给它以休养生息的机会，你要让它安然和健康，你要知道什么对它是真正的好，并要不懈地坚持。你要知道什么是可能伤害它的陷阱，早早地发出警报，远离可能的危险。你要冷静，要镇定，要充满激情，又能适可而止，你要令行禁止、健步如飞，你要能帮他找到最相宜的伴侣……

想到虽是独自一人，但身后有一支军队。车辚辚马萧萧，罡风浩荡，旌旗猎猎，号角长鸣，司政后一应俱全指挥若定，真是令人豪情万丈的事情。

　　我猜很多人一看到这个题目的名称，就大不以为然，甚至愤愤然了，觉得毕淑敏是不是昏了头，父母是可以再选的吗？中国是孝之邦，身体发肤，受之父母，戴德还表达不尽，岂容再选？我的父母是天下最好的父母，让我重选父母，这不是逼人不孝吗？若是父母已驾鹤西行，这题目简直就是违背天伦。

　　请您相信我，我没有一丁点想冒犯您的意思，也不是为了震撼视听、哗众取宠，实在是为了您的心理健康。

　　父母可不可以批评？我想大家理论上一定承认父母是可以批评的。即使是伟人，也有这样那样的错误和缺点，我们的父母肯定不是完人，当然也可以讨论。可实际上，有多少人心平气和地批评过我们的父母，并收到了良好的回馈，最终取得了让人满意的效果呢？我们能客观地审视父母的优劣长短、得失沉浮吗？我相信愤怒的青年可以大吵一架离家出走，但这并不代表着他能公允地建设性地评价父母。也许有人会说，那是历史了，我们有什么理由在很多年后，甚至在父母都离世之后，还议论他们的功过是非呢？

我想郑重地说，有。因为那些历史并没有消失，它们就在我们心灵最隐秘的地方，时时引导着我们的行为准则，操纵着我们的喜怒哀乐。

父母是会伤人的，家庭是会伤人的。当我们还是孩子的时候，我们无力分辨哪些是真正的教导、哪些只是父母自身情绪的宣泄。我们如同酒店里恭顺的小伙计，把父母的话和表情，还有习惯和嗜好，如同流水账一般记录在年幼的脑海中。他们是我们的长辈，他们供给我们吃穿住行，在某种程度上说，我们是凭借他们的喜爱和给予，才得以延续自己幼小的生命。那时候，他们就是我们的天和地，我们根本就没有力量抗辩他们、忤逆他们。

你的父母塑造了你，你在不知不觉中重复着他们展示给你的模板，你是他们某种程度的复制品。分析他们的过程其实是在分析你自己。

请你准备一张白纸，让思绪和想象自由驰骋。在白纸上方写下你的名字，左边写上"再选"二字。现在，纸上的这行字变成了"再选 ×"，你在这行字的右面写上"的父母"三个字。

"再选 × 的父母"。我敢说，也许在此刻之前，你从来没有想过可以把自己的父母炒了鱿鱼，让他们下岗，自行再来招聘一对父母。请你郑重地写下你为自己再选的父母的名字。

父：

母：

我猜你一定狠狠地愣一下。虽然我们对自己的父母有过种种的不满，但真的把他们淘汰了，你一定目瞪口呆。你要挺住啊，记住这不过是一个游戏。

谁是我们再选父母的最佳人选呢？你不必煞费苦心，心灵游戏的奥妙之处就在于它的一闪念之中。你的潜意识如同潜藏深海的美人鱼，一个鱼跃，跳出海面，露出了它流线型的身躯和嘴边的胡须。原来，它并非美女，也不是猛兽。关于你的再选父母的人选，你把头脑中涌起的第一个人名写下就是了。

他们可以是英雄豪杰，也可以是邻居家的老媪；可以是已经逝去的英豪，也可以是依然健在的大款；可以是绝色佳人，也可以是末路英雄；可以是动物植物，也可以是山岳湖泊；可以是日月星辰，也可以是布帛菽粟；可以是一代枭雄，也可以是飞禽走兽；可以是自己仰慕的长辈，也可以是弟妹同学……总之，你就尽量展开想象的翅膀，天上地下地为自己选择一对心仪的父母。

你再选的父母是什么类型的东西（原谅我用了"东西"这个词，没有不敬的意思，只是一言以蔽之），这不重要。重要的是你在这个游戏中重新认识了你的父母，你在弥补你童年的缺憾，你在重新构筑你心灵的世界。你会发现自己缺少的东西、追求的东西到底是什么。

有个农村来的孩子，父母都是贫苦的乡民。在重选父母的游戏中，他令自己的母亲变成了玛丽莲·梦露，让自己的父亲变成了乾隆。我想这是一个非常典型的例子，我首先要感谢这位朋友的坦率和信任。因为这样的答案太容易引起歧义和嘲笑了，虽然它可能是很多人的向往。

我问他，玛丽莲·梦露这个女性，在你的字典中代表了什么？他回答说，她是我见过的最美丽和最现代的女人。我说，那么，你是不是觉得自己亲生母亲丑陋和不够现代？他沉默了很久说，正是这样。中国有句俗话叫作"儿不嫌母丑，狗不嫌家贫"，我嫌弃我的母亲丑，这真是大不敬的恶行。平常我从来不敢跟人表露，但她实在是太丑的女人，让我从小到大蒙受了很多耻辱。我在心里是讨厌她的。从我开始知道美丑的概念，我就不容她和我一道上街，就是距离很远，一前一后的也不行，因为我会感到人们的目光像线一样把我和她联系起来。后来我到城里读高中，她到学校看我，被我呵斥走了。同学问起来，我就说，她是一个丐婆，我曾经给过她钱，她看我好心，以为我好欺负，居然跟到这里来了……我说这些话的时候，觉得自己也很有道理，因为母亲丑，并把她的丑遗传给了我，让我承受世人的白眼，我想她是对不住我的。至于我的父亲，他是乡间的小人物，会一点小手艺，能得到人们的一点小尊敬。我原来是以他为豪的，后来到了城里，上了大学，才知道山外有山、天外有天，才知道父亲是多么草芥。同学们的父亲，不是经常在本地电视要闻中露面的政要，就是腰缠万贯、挥金如土的巨富，最次的也是个国企的老总，就算厂子穷得叮当响，照样有公车来接子女上下学。我的位于社会底层的位置是我的父母强加给我的，这太不公平。深层的怒火潜伏在我心底，使我在自卑的同时非常敏感，性格懦弱，但在某些时候又像地雷似的一碰就炸……算了，不说我了，我本来认命了，因为父母是不能选择的，所以也从来没有动过这方面的脑筋。既然你今天让做换父母的游戏，让我可以大胆设想、别具一格，我一下子就想到了玛丽莲·梦露和乾隆。

我说，先问你一个问题，如果父亲不是乾隆，换成布什或布莱尔，要不就是拉登，你认为如何？

他笑起来说，拉登就免了吧，虽然名气大，但是个恐怖分子，再说翻山越岭胡子老长的也太辛苦。布什或布莱尔？

当然可以，我说，你希望有一个总统或是皇上当父亲，这背后反映出来的复杂思绪，我想你能察觉。

他静默了许久，说，我明白那永远伴随着我的怒气从何而来了。我仰慕地位和权势，我希图在众人视线的聚焦点上。我看重身份，热爱钱财，我希望背靠大树好乘凉……当这些无法满足的时候，我就怨天尤人，心态偏激，觉得从自己一落地就被打入了另册。因此我埋怨父母，可是中国"孝"字当先，我又无法直抒胸臆，情绪翻搅，就让我永远不得轻松。工作中、生活中遇到的任何挫折，都会在第一时间让我想起先天的差异，觉得自己无论怎样奋斗也无济于事……

我说，谢谢你的这番真诚告白。只是事情还有另一面的解释，我不知你想过没有？

他说，我很想一听。

我说，这就是你那样平凡贫困的父母在艰难中养育了你，你长得并不好看，可他们没有像你嫌弃他们那样嫌弃你，而是给了你力所能及的爱和帮助。他们自己处于社会的底层，却竭尽全力供养你读书，让你进了城，有了更开阔的眼界和更丰富的知识。他们明知你不以他们为荣，可他们从不计较你的冷淡，一如既往地以你为荣。他们以自己孱弱的肩膀托起了你的前程，我相信这不是希求你的回报，只是一种无私无悔的爱。

你把玛丽莲·梦露和乾隆的组合当成你的父母的最佳结合，恕我直言，这种跨越国籍和历史的组合，攫取了威权和美貌的叠加，在这后面你是否舍弃了自己努力的空间？

玛丽莲·梦露是出自上帝之手的珍稀品种，乾隆也是天分和无数拼杀才造就的英才。在你的这种搭配中，我看到的是一厢情愿的无望，还有不切实际的奢求。

那位年轻人若有所思地走了。我注视着他的背影，期待他今后可能会有所改变。

请你静静地和你的心在一起，面对着你写下的期望中的父母的名字，去感受这种差异后面麇集的情愫。发现是改变的尖兵。

　　那个女孩子坐在我的对面，薄而脆弱的样子，好像一只被踩扁的冷饮蜡杯。我竭力不被她察觉地盯着她的手——那么小的手掌和短的手指，指甲剪得短短的，仿佛根本不愿保护指尖，恨不能缩回骨头里。

　　就是这双手，协助另一双男人的手，把一个和她一般大的女孩子的喉管掐断了。

　　那个男子被处以极刑，她也要在牢狱中度过一生。

　　她小的时候，住在一个小镇上，是个很活泼好胜的孩子。一天傍晚，妈妈叫她去买酱油。在回家的路上，她被一个流浪汉强暴了。妈妈领着她报了警，那个流浪汉被抓获。他们一家希望这件事从此被人遗忘，像从没发生过那样最好。但小镇的人对这种事有着经久不衰的记忆和口口相传的热情。女孩在人们炯炯的目光中渐渐长大，个子不是越来越高，好像是越来越矮。她觉得自己很不洁净，走到哪里都散发出一种异样的味道。因为那个男人在侮辱她的过程中说过一句话："我的东西种到你身上了，从此无论你到哪儿，我都能把你找到。"她原以为时间的冲刷可以让这种味道渐渐稀薄，没想到随着年龄增大，她觉得那味道越来越浓烈了，怪异的嗅觉，像尸体上的乌鸦一样盘旋着，无时不在。她断定，世界上的人，都有比猎狗还敏锐的鼻子，都能侦察出这股味道。于是她每天都哭，要求全家搬走。父母怜惜越来越皱缩的孩子，终于下了大决心，离开了祖辈的故居，远走他乡。

迁徙致使家道中落。但随着家中的贫困，女孩子缓缓地恢复过来，在一个没有人知道她过去的地方，生命力振作了，鼻子也不那么灵敏了。在外人眼里，她不再有显著的异常，除了特别爱洗脸和洗澡。无论天气多么冷，女孩从不间断地擦洗自己。由于品学兼优，中学毕业以后她考上了一所中专。在那所人生地不熟的学校里，她人缘不错，只是依旧爱洗澡。哪怕是只剩吃晚饭的钱了，她宁肯饿着肚子，也要买一块味道浓郁的香皂，为全身打出无数泡沫。她觉得比较安全了，有时会轻轻地快速地微笑一下。童年的阴影难以扼制青春的活力，她基本上变成一个和旁人一样的姑娘了。

这时候，一个小伙子走来，对她说了一句话：我喜欢你，喜欢你身上的味道。她在吓得半死中还是清醒地意识到，爱情并没有嫌弃她，猛地进入她的生活了。她没有做好准备，她不知道自己能不能爱，该不该同他讲自己的过去。她只知道这是一个蛮不错的小伙子，自己不能把射来的箭像印第安人的飞去来器似的收回去。她执着而痛苦地开始爱了，最显著的变化是更频繁地洗澡。

一切顺利而艰难地向前发展着，没想到新一届的学生招进来。一天，女孩在操场上走的时候，像被雷电劈中，肝胆俱碎。她听到了熟悉的乡音，从她原先的小镇来了一个新生。无论她装得怎样健忘，那个女孩子还是很快地认出了她。

她很害怕，预感到一种惨痛的遭遇，像刮过战场的风一样，把血腥气带来了。

果然，没过多久，关于她幼年时代的故事，就在学校流传开来。她的男朋友找到她，问，那可是真的？

她很绝望，绝望使她变得无所顾忌，她红着眼睛狠狠地说，是真的！怎么样？

那个小伙子也真是不含糊，说，就算是真的，我也爱你！

那一瞬，她觉得天地变容，人间有如此的爱人，她还有什么可怕的呢！还有什么不可献出的呢！

于是他们同仇敌忾，决定教训一下那个饶舌的女孩。他们在河边找到她，对她说，你为什么说我们的坏话？

那个女孩有些心虚，但表面上更嚣张和振振有词，说，我并没有说你们的坏话，我只说了有关她的一个真事。

她甚至很放肆地盯着爱洗澡的女孩说，你难道能说那不是一个事实吗？

爱洗澡的女孩突然就闻到了当年那个流浪汉的味道，她觉得那个流浪汉一定附着在这个女孩身上，千方百计地找到她，要把她千辛万苦得到的幸福夺走。积攒多年的怒火狂烧起来，她扑上去，撕那饶舌女生的嘴巴，一边对男友大吼说，咱们把她打死吧！

那男孩子巨螯般的双手，就掐住了新生的脖子。

没想到人怎么那么不经掐，好像一朵小喇叭花，没怎么使劲，脖子就断了，再也接不上了。女孩子直着目光对我说，声音很平静。我猜她一定千百次地在脑海中重放过当时的影像，不明白生命为何如此脆弱，为自己也为他人深深困惑。

热恋中的这对凶手惊慌失措。他们看了看刚才还穷凶极恶，现在已了无声息的传闲话者，不知道下一步该做怎样的动作。

咱们跑吧。跑到天涯海角。跑到跑不动的时候，就一道去死。他们几乎是同时这样说。

他们就让尸体躺在发生争执的小河边，甚至没有丝毫掩盖。他们总觉得她也许会醒过来。匆忙带上一点积蓄，蹿上了火车。不敢走大路，就漫无目的地奔向荒野小道，对外就说两个人是旅游结婚。钱很快就花光了，他们来到云南一个叫情人崖的深山里，打算手牵着手从悬崖跳下去。

于是他们拿出最后的一点钱，请老乡做一顿好饭吃，然后就实施自戕。老乡说，我听你们说话的声音，和《新闻联播》里的是一个腔调，你们是北京人吧？

反正要死了，再也不必畏罪潜逃，他们大大方方地承认了。

我一辈子就想看看北京。现在这么大岁数，原想北京是看不到了。现在看到两个北京人，也是福气啊。老人说着，倾其所有，给他们做了一顿丰盛的好饭，说什么也分文不取。

他们低着头吃饭，吃得很多。这是人间最后的一顿饭了，为什么不吃得饱一点呢？吃饱之后，他们很感激，也很惭愧，讨论了一下，决定不能死在这里。因为尽管山高林密，过一段日子，尸体还是会被发现。老人听说了，会认出他们，就会痛心失望的。他一生唯一看到的两个北京人，还是被通缉的坏人。对不起北京也就罢了，他们怕对不起这位老人。

他们从情人崖走了，这一次，更加漫无边际。最后，不知是谁说的，反正是一死，与其我们死在别处，不如就死在家里吧。

他们刚回到家，就被逮捕了。

她对着我说完了这一切，然后问我，你能闻到我身上的怪味吗？

我说，我只闻到你身上有一种很好闻的栀子花味。

她惨淡地笑了，说，这是一种很特别的香皂，但是味道不持久。我说的不是这种味道，是另外的……就是……你明白我说的是什么……闻得到吗？

我很肯定地回答她，除了栀子花的味道，我没有闻到其他任何味道。

她似信非信地看着我，沉默不语。过了许久，才缓缓地说，今生今世，我再也见不到他了。就是有来生，天上人间苦海茫茫的，哪里碰得上！牛郎织女虽说也是夫妻分居，可他们一年一次总能在鹊桥上见一面。那是一座多么美丽和轻盈的桥啊。我和他，即使相见，也只有在奈何桥上。那座桥，桥墩是白骨，桥下流的不是水，是血……

我看着她，心中充满哀伤。一个女孩子，幼年的时候，就遭受重大的生理和心理创伤，又在社会的冷落中屈辱地生活。她的心理畸形发展，暴徒的一句妄谈，居然像咒语一般控制着她的思想和行为。她慢慢长大，好不容易恢复了一点做人的尊严，找到了一个爱自己的男孩。又因为这种黑暗的笼罩，不但把自己拖入深渊，而且让自己所爱的人走进地狱。

旁观者清。我们都看到了症结的所在。但作为当事人，她在黑暗中苦苦地摸索，碰得头破血流，却无力逃出那桎梏的死结。

身上的伤口，可能会自然地长好，但心灵的创伤，自己修复的可能性很小。我们能够依赖的只有中性的时间。有些创伤虽被时间轻轻掩埋，表面上暂时看不到了，但在深处依然存有深深的窦道。一旦风云突变，那伤痕就剧烈地发作起来，敲骨吸髓地令我们痛楚起来。

我们每个人，都有一部精神的记录，藏在心灵的多宝槅内。关于那些最隐秘的刀痕，除了我们自己，没有人知道它在陈旧的纸页上滴下多少血泪。不要乞求它会自然而然地消失，那只是一厢情愿的神话。

重新揭开记忆疗治，是一件需要勇气和毅力的事情。所以很多人宁可自欺欺人地糊涂着，也不愿清醒地焚毁自己的心理垃圾。但那些鬼祟也许会在某一个意想不到的瞬间幻化成形，牵引我们步入歧途。

我们要关怀自己的心理健康，保护它，医治它，强壮它，而不是压迫它，掩盖它，蒙蔽它。只有正视伤痛，我们的心，才会清醒有力地搏动。

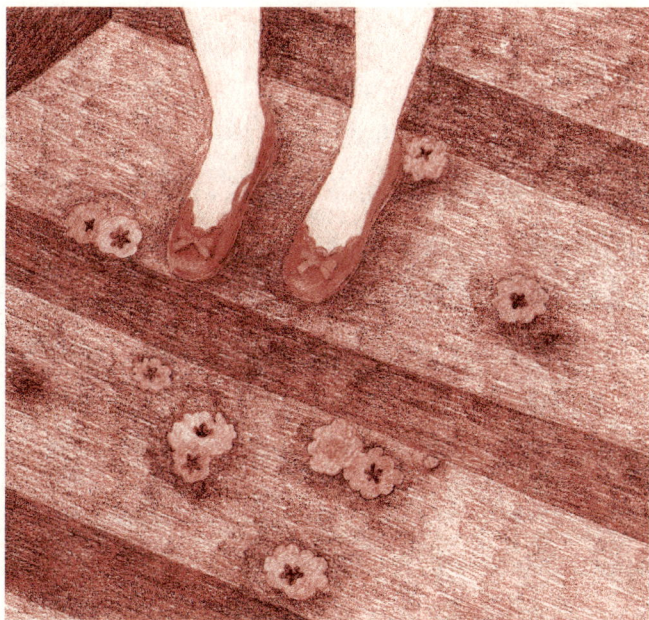

朋友说她的女儿要找我聊聊。我说，我——很忙很忙。朋友说，她女儿的事——很重要很重要很重要。结果，两个"忙"字在三个"重"字面前败下阵来。于是我约她的女儿若樨某天下午在茶艺馆见面。

我见过若樨，那时她刚上高中，一个清瘦的女孩。现在，她大学毕业了，在一家电脑公司工作。虽说女大十八变，但我想，认出她应该不成问题。我给她的外形打了提前量，无非是高了、丰满了，大模样总是不改的。

当我见到若樨之后，几分钟之内，用了大气力保持自己面部肌肉的稳定，令它们不要因为惊奇而显出受了惊吓的惨相。其实，若樨的五官并没有大的变化，身高也不见拔起，或许因为减肥，比以前还要单薄。吓到我的是她的头发，浮层是樱粉色的，其下是姜黄色的，被剪子残酷地切削得短而碎，从天灵盖中央纷披下来，像一种奇怪的植被，遮住眼帘和耳朵，以至我在很长一段时间内觉得自己是在与一个鸡毛掸子对话。

　　落座。点了茶，谢绝了茶小姐对茶具和茶道的殷勤演示。正值午后，茶馆里人影稀疏，暗香浮动。

　　我说，这里环境挺好的，适宜说悄悄话。

　　她笑了，是骨子里很单纯的表面却要显得很沧桑的那种笑。她说，到酒吧去更合适。茶馆，只适合遗老遗少们灌肠子。

　　我说，酒吧，可惜吵了点。下次吧。

　　若樨说，毕阿姨，您见了我这副样子，咱们还有下次吗？您为什么不对我的头发发表意见？您明明很在意，却要装出毫不在意的样子。我最讨厌大人们的虚伪。

　　我看着若樨，知道了朋友为何急如星火。像若樨这样的青年，正是充满愤怒的年纪。野草似的怨恨，壅塞着他们的肺腑，反叛的锋从喉管探出，句句口吐荆棘。

　　我笑笑说，若樨，你太着急了。我马上就要说到你的头发，可惜你还没给我时间。这里的环境明明很雅致，人之常情夸一句，你就偏要逆着说它不好。我回应说，那么下次我们到酒吧去，你又一口咬定没有下次了。你尚不曾给我机会发表意见，却指责我虚伪，你不觉得这顶帽子重了些吗？若樨，有一点我不明白，恳请你告知，我不晓得是你想和我谈话，还是你妈要你和我谈话？

　　若樨的锐气收敛了少许，说，这有什么不同吗？反正您得拿出时间，反正我得见您，反正我们已经坐进了这家茶馆。

　　我说，有关系。关系大了。你很忙，我没有你忙，可也不是个闲人。如果你不愿谈话，那我们马上就离开这里。

若楦挥手说，别！别！毕阿姨。是我想和您谈，央告了妈妈请您。可我怕您指责我，所以，我就先下手为强了。

我说，我不怪你。人有的时候会这样的。我猜，你的父母在家里同你谈话的时候，经常是以指责来当开场白的。所以，当你不知如何谈话的时候，你父母和你的谈话模式就跳出来，强烈地影响着你的决定，你不由自主地模仿他们。在你，甚至以为这是一种最好的开头办法，是特别的亲热和信任呢！

若楦一下子活跃起来，说，毕阿姨，您真说到我心里去了。其实，您这么快地和我约了时间聊天，我可高兴了。可我不知和您说什么好，我怕您看不起我。我想您要是不喜欢我，我干吗自取其辱呢？索性，拉倒！我想尽量装得老练一些，这样，咱们才能比较平等。

我说，若楦，你真有趣。你想要平等，却从指责别人入手，这就不仅事倍功半，简直是南辕北辙了。

若楦说，我知道了，下回我想要什么，就直截了当地去争取。毕阿姨，我现在想要异性的爱情，您说该怎么办呢？

我说，若楦啊，说你聪明，你是真聪明，一下子就悟到了点上。不过，你想要爱情，找毕阿姨谈可没用，得和一个你爱他、他也爱你的男子谈，才是正途。

若楦脸上的笑容风卷残云般地逝去了，一派茫然，说，这就是我找您的本意。我不知道他爱不爱我，我更不知道自己爱不爱他。

若楦说着，从皮夹子里拿出一张折叠得整整齐齐的纸，递给我。

我原以为是一个男子的照片，不想打开一看，是淡蓝色的笺纸，少男少女常用的那种，有奇怪的气息散出。字是虾红色的，好像用毛笔写的，笔锋很涩。

这是一封给你的情书。我看了，合适吗？读了开头火辣辣的称呼之后，我用手拂着笺纸说。

我要同您商量的就是这封情书。它是用血写成的。

我悚然惊了一下，手下的那些字，变得灼热而凸起，仿佛是用烧红的铁丝弯成的。我屏气仔细看下去……

情书文采斐然，述说自己不幸的童年。从文中可以看出，他是若樨同校不同系的学友，在某个时间遇到了若樨，感到这是天大的缘分。但他长久地不敢表露，怕自己配不上若樨，惨遭拒绝。毕业后他有了一份尊贵的工作，想来可以给若樨以安宁和体面，他们就熟识了。在若即若离的一段交往之后，他发现若樨在迟疑。他很不安，为了向若樨求婚，他特以血为墨，发誓一生珍爱这份姻缘。

"人的地位是可以变的，所以，我不以地位向你求婚。人的财富是可以变的，所以我也不以财富向你求婚。人的容貌也是可以变的，所以我也不以外表向你求婚。唯有人的血液是不变的，不变的红，不变的烫，自从我出生，它就灌溉着我，这血里有我的尊严和勇气。所以，我以我血写下我的婚约。如果你不答应，你会看到更多的血涌出……如果你拒绝，我的血就在那一瞬间永远凝结……"

我恍然，刚才那股奇特的味道原来是笺纸上的香气混合了血的血腥气。

你现在感觉如何？我问若樨，并将虾红色的情书依旧叠好，将那颗骚动的男人之心暂时地囚禁在薄薄的纸中。

我很害怕……我对这个人摸不着头脑，忽冷忽热的……可心里又很有几分感动。血写的情书，不是每个女孩子都有这份幸运得到的。看到一个很英俊的男孩肯为你流出鲜血，心里还是蛮受用的。我把这份血书给好几个女朋友看了，她们都很羡慕我的。毕竟，这个年头，愿意以血求婚的男人，太少了。

若榠说着，腮上出现了轻浅的红润。看来，她很有些动心了。

我沉吟了半晌，然后字斟句酌地说，若榠，感谢你信任我，把这么私密的事告诉我。我想知道你看到血书后的第一个感觉。

若榠说……是……恐惧……

我问，你怕的是什么？

若榠说，我怕的是一个男人动不动就把自己的血喷溅出来，将来过日子，谁知会发生什么事！

我说，若榠，你想得长远，这很好。婚姻不是一朝一夕的事情。每个女孩子披上嫁衣的时候，一定期冀和新郎白头偕老。为了离婚而结婚的女人，不是没有，但那是阴谋，另当别论。若榠，除了害怕，当你面对另一个人的鲜血的时候，还有什么情绪？

若榠沉入当时的情景当中，我看她长长的睫毛在急速地颤动，那是心旌动荡的标志。

我感到一种逼迫、一种不安全。我无法平静，觉得他以自己的血要挟我……我想逃走……若榠喃喃地说。

我看着若榠，知道她在痛苦的思索和抉择当中。毕竟，那个男孩迫切地需要得到若楄的爱，我一点都不怀疑他的渴望。但是，爱情绝不是单一的狙击，爱是一种温润恒远。他用伤害自己的身体企图达到自己的目的，如果一朝得逞，我想他绝不会就此罢手。人，或者说高级的动物，是会形成条件反射的。当一个人知道用自残的方式可以胁迫他人按照自己的意志行事的时候，他会受到鼓励。

很多人以为，一个人的缺点，会在他或她结婚之后自动消失。我觉得如果不说这是自欺欺人，也是一厢情愿。依我的经验，所有的缺陷，都会在婚姻之后变本加厉地发作。婚姻是一面放大镜，既会放大我们的优点，也会毫不留情地放大我们的缺点。因为婚姻是那样的赤裸和无所顾忌，所有的遮挡和礼貌，都会在长久的厮磨中褪色，露出天性粗糙的本色。

……也许，我可以帮助他……若楄悄声地说，声音很不确定，如同冷秋的蝉鸣。

我说，当然可以。不过，你可有这份力量？他在操纵你，你可有反操纵的信心？我们不妨设想得极端一些，假如你们终成眷属，有一天你受不了，想结束这段婚姻。他不再以血相逼，升级了，干脆说，如果你要离开我，我就把一只胳膊卸下来，或者自戕……到那时，你又该如何应对呢？如果你说，你有足够的准备承接危局，我认为你可以前行。如若不是——

若楄打断了我的话，说，毕阿姨，您不要再说下去了。我外表虽然反叛，但内心里是柔弱的。我没有办法改变他，和他在一起的时候，我很不安全。我不知道在下一分钟他会怎样，我是他手中的玩偶。

　　那天我们又谈了很久，直到沏出的茶如同白水。分手的时候，若榉说，您还没有评说我的头发。

　　我抚摸着她的头，在樱粉色和姜黄色的底部，发根已长出乌黑的新发。我说，你的发质很好，我喜欢所有本色的东西。如果你觉得这种五花八门的颜色好，自然也无妨。这是你的自由。

　　若榉说，这种头发可以显示我的个性和自由。

　　我说，头发就是头发，它们不负责承担思想。真正的个性和自由，是头发里面的大脑的事，你能够把神经染上颜色吗？

一位做执业心理医生的朋友，对我讲过这样一个故事。

某日下午，也许是因为突如其来的豪雨，预约的咨客访过之后，没有新的咨询者来谈。我收拾好文件夹，预备下班，突然走进来一位年轻的男子。他西装笔挺，很有身份的样子，头上戴着一顶礼帽，帽檐压得很低，几乎看不清他的眉眼。我直觉到，这人有很深的隐秘，不愿让人知晓。他来找心理医生，想必是遇到了实在难以排解的苦闷。

他坐下来以后，对着我需要他填写的表格说，就不填了吧。因为，如果你一定要我填写，我就会编一些假资料在上面，无论是对我还是对您，都是一个尴尬和可笑的过程。

我点点头说，谢谢你这样坦诚地告诉我。不过，有一些资料，你是可以如实告诉我的。你对你的名字、职务、地址、联系方式……都可以保密。但是，既然你是来和我讨论你的问题的，那么关于你的婚姻情况、你的文化水准等，应是可以回答的。如果我们连这种基本的信任都没有，那么，请原谅，即使你很愿意讨论问题，我也无法接受你的要求。

他若有所思，想了想之后，在空白的名字之后，写下了职业：国家公务员。教育水准：硕士。

我说，好吧，你可以不告知我你的姓名，但是，我怎么称呼你呢？

他说，你就叫我老路好了。

你一点都不老，看起来很年轻啊。我把感想告知他。

他说，你就把我当成一个老年人吧。

这是一个奇怪的要求，但我的来访者有很多令人诧异的想法，我已见怪不怪。

我说，咱们聊些什么呢？

他清清嗓子说，你能告诉我，女人和食物有什么区别吗？

一个怪异的问题。但从他的眼睛，看得出认真和十分渴望得到答案。甚至，他还掏出了一个很精美的笔记本，想把我的话记录下来。

我说，女人和食物，当然是有非常重大的区别对策。我看你是受过良好教育的人，一定晓得这两样东西是完全不同的了。我想了解，你为何想到了这样一个问题？这其中发生了什么？我觉察到了你的迷茫和混乱。

他好像被我点中了穴位，久久地不吭声。停了半天，才说，是这样的。我在政府机构里任职，现在做到了很高的位置。我的办公室里有一个秘书，是那种很优雅很干练的女孩，当然，外表也是非常漂亮的。你要知道，在当代大学生寻找工作的排行顺序里，公务员是高列榜首的，对女孩子来说，更是一份优厚和体面的工作。这个女孩，就叫她蔻吧。蔻是我从大学生求职招聘会上特招来的，我需要一个善解人意、练达能干的女秘书，当然，还要赏心悦目。我是一个讲求品位的人，我使用的所有物件，都是高质量的。我对我的秘书要求高，也是情理中的事。蔻来了以后，很快就适应了工作，比我以往的任何一届秘书都更让我得心应手。我很高兴，觉得自己多了一条胳膊一条腿。我不是开玩笑这样说，是真心的。当你有了一个比你自己想得更周到的秘书之时，你觉得自己的生命被延长了，力量和智慧都加强了。那是很美好的感觉。事情停留在这个地步就好了，但是，关系这种东西，不是你想让它发展到哪一步就可以凝结住的东西，它一旦发生了，就有了自己的规律。因为我和蔻在一起工作的时间很长，每天都要讨论一些问题，交代一些事务，对我是一个怎样的人，她很快就了如指掌。她说，她喜爱我的一切，从我的学识风度到细小的习惯和动作，连我的老伴儿非常不喜欢的我的呼噜，她都戏称是一个安详的老猫在休养生息，预备着更长久的坚守和一跃而起……你知道，一个中年接近老年的人，被一个年轻女孩这样观察和评价，是很受用的……

我听得很认真，我相信这些叙述的可靠性，不过，巨大的疑惑涌起。我说，对不起，打断一下。你一再地提到自己的年龄，还有老伴儿什么的说法……但是，我觉得这与实际不很吻合。

老路右手很权威地一挥，说，您先别急，且听我说。

我默不作声，迷惘越发重了。

老路说，钱钟书说过，老年人的爱情就像是老房子着了火，没得救的。我和蔻的关系，燃烧起来了。是蔻点起的火，还不停地往上泼汽油。我一生操守严格，本以为自己年纪已经这样大了，从生理到心理，对女色都会淡然。没想到，在蔻的大举进攻下，我的城堡不堪一击。连我们发生性关系的时间和地点，都被蔻以公务会面堂而皇之地写在了我一星期的计划中，那么天衣无缝。我被这个小女子安排进了一个圈套。当然，我还存有最后的理智，我对她说，这是你自愿的，咱们可要说清楚。蔻说，这都什么时候了，你这样控制？我给你吃一个药片，你就不会如此矜持了。说着，她拿出了淡蓝色的菱形药片……

我插话道，是伟哥？

老路说，是，正是。

我说，你吃了？

老路说，吃了，但是在吃之前，我还是清醒地同她约法三章：第一，我没有强迫你；第二，我不会和你结婚；第三，你不要以此来要挟我。

蔻冷笑着说，你可真是上个世纪遗留下来的人了。性是什么呢？食色，性也，就是说，它是正常的，是常见的，是没什么附加条件的。当你看到了一盘美食，你肚子正好饿了，很想吃，那盘美食也很想入了它所喜爱的人的肚子，这不是一拍即合两全其美的好事吗？你还犹豫什么呢？

话说到这份儿上，我真的被这种大胆和新颖的说法所俘获。我想，我可能真是老了吧？也许是伟哥的效力来了，也许是我内心里潜伏着一股不服老的冲劲儿，我巴不得被这么年轻的女孩接受和称赞，我就当仁不让了……

小小的咨询室里出现了长久的停顿。空气沉得如同水银泻地。

后来呢？我问。

后来，蔻就怀孕了。老路垂头丧气。

蔻不再说那些女人和食物是等同的话了，蔻向我要求很多东西。她要钱，这倒还好办，我是个清官，虽然不是很有钱，但给蔻的补偿还是够的。但蔻不仅是要这些，她还要官职，她要我列出一个表，在什么时间内将她提为副处级，什么期限内将她提为正处级，还有，何时提副局级……我说，那个时候，也许我已经调走或是退休了。蔻说，那我不管。你可以和你的老部下交代，我有学历，有水平，只要有人为我说话，提拔我是顺理成章的事情，只要你愿意，你是一定能办得到的。我为难地说，国家的机构，也不是我的家族公司，就算我愿意为你两肋插刀，要是办不成，我也没办法。

蔻说，如果办不成，就是你的心不诚。

我有点恼火了，就算我在伟哥的作用下乱了性，也不能把这样一个小野心家送进重要的职务里啊。我说，如果我办不成，你能怎么样呢？

蔻说，你知道克林顿吧？你知道莱温斯基的裙子吧？你的职务没有克林顿高，可我身上有的东西比莱温斯基的裙子力道可要大得多啊！

蔻现在还没有到医院去做手术，我急得不得了。我不知道向谁讨教，我就到你这里来了。当然，蔻对我也是软硬兼施，有的时候也是非常温存。我真的不知道该怎么办了，那个孩子在一天天地长大，到了我这个年纪的人，对孩子还是非常喜爱的，但我更珍惜的是我一生的清誉，不能毁于一旦啊——

我赶快做了一个强有力的手势，截断老路的话，把我心中盘旋的疑团抛出——老路，不好意思，我一定要问清楚你的年纪，因为这是你的叙述中一个非常重要的线索，你不断地提到它，并感叹自己的经历，我想知道，你究竟有多大年纪？

老路目光犹疑而沉重地盯着我，说，既然你问得这样肯定，我也没办法隐瞒了，我56岁了。

我虽有预感，还是讶然失声道，这……实在是太不像了。你有什么秘密吗？

这是一句语带双关的话。我不能随便怀疑我的来访者，但我也没有必要隐瞒我的疑窦丛生。

老路长叹了一口气说，你眼睛毒。我当然是没有那么大的年纪了，这是我的首长的年龄。除了年龄，我所谈的都是真的。只是首长德高望重，他没有办法亲自到你这里来咨询，我是他的助手，我代他来听听专家的意见，也可让他在处理如此纷繁和陌生的问题上多点参考。

说到这里，老路长吁了一口气，看来，这种李代桃僵的事对他来说也是不堪重负。

轮到我沉默了。说实话，在我长久的心理辅导生涯中，不敢说阅人无数，像这样的遭遇还是生平第一次。我能够体会到那位首长悔恨懊恼、一筹莫展的困境，也深深地被蔻所震惊。这个美丽和充满心计的女子身上，有一种邪恶的力量和谋略，她真要投身政治，也许若干年之后会升至相当高的位置。至于这位为首长冒名咨询的男子，更是罕见的案例。

我说，终于明白你开始问的那个问题的意义了。女人和食物，是完全不同的。男女之间的性关系，绝不像人和物之间的关系那样简单和明朗。它是人类有史以来最亲密的关系之一。两个不同的人，彼此深刻地走入了对方的心理和生理，这是关乎生命和尊严的大事情，绝非电光石火的一拍两清。倘若有什么人把它说得轻描淡写或是一钱不值，如果他不是极端的愚蠢，那就一定是有险恶的用心了。至于你的首长，我能理解他此刻复杂惨痛的情绪，他陷在一个巨大的危机当中。他要做出全面的选择，万不要被蔻所操纵……

那天还谈了很多。临走的时候，老路说，谢谢你。

我说，如果你的首长还想咨询的话，希望他能亲自来。老路把礼帽往下压了压说，好吧，我会传达这个信息。

朋友讲完了他的故事。我说，那位上当的老人，来了吗？

朋友说，我从他的助手临走时压帽子的动作就知道首长不会来的。

我说，这件事究竟怎样了结的？

朋友说，不知道。世上的人，究竟有多少能分清食和色的区别呢？只要这事分不清，此类的事就永不会终结。

穿宝蓝绸衣的女子 | 06

在咨询室米黄色的沙发上，安坐着一位美丽的女性。她上身穿着宝蓝色的真丝绣花Y领上衣，衣襟上一枚鹅黄水晶的水仙花状胸针熠熠发光。下着一条乳白色的宽松长裤，有一种古典的恬静花香弥散出来。服饰反射着心灵的波光，常常从来访者的衣着中就窥到他内心的律动。但对这位女性，我着实有些摸不着头脑。她似乎很能控制自己的情绪，安宁而胸有成竹，但眼神中有些很激烈的精神碎屑在闪烁。她为何而来？

您一定想不出我有什么问题。她轻轻地开了口。

我点点头。是的，我猜不出。心理医生是人不是神。我耐心地等待着她。我相信，她来到我这儿，不是为了给我出个谜语来玩。

她看我不搭话，就接着说下去。我心理挺正常的，说真的，我周围的人有了思想问题都找我呢！大伙儿都说我是半个心理医生。我看过很多心理学方面的书，对自己也有了解。

她说到这儿，很注意地看着我。我点点头，表示相信她所说的一切。是的，我知道有很多这样的年轻人，他们渴望了解自己，也愿意帮助别人。但心理医生要经过严格的系统的训练，并非只是看书就可以达到水准的。

我知道我基本上算是一个正常人，在某些人的眼中，我简直就是成功者。有一份薪水很高的工作，有一个爱我、我也爱他的老公，还有房子和车。基本上也算是快活，可是，我不满足。我有一个问题——怎样才能做到外柔内刚？

我说，我看出你很苦恼，期望着改变。能把你的情况说得更详尽一些吗？有时，具体就是深入，细节就是症结。

穿宝蓝绸衣的女子说，我读过很多时尚杂志，知道怎样颔首微笑，怎样举手投足。你看我这举止打扮，是不是很淑女？

我说，是啊。

穿宝蓝绸衣的女子说，可是这只是我的假象。在我的内心，涌动着激烈的怒火。我看到办公室内的尔虞我诈，先是极力地隐忍。我想，我要用自己的善良和大度感染大家，用自己的微笑消弭裂痕。刚开始我收到了一定的成效，大家都说我是办公室的一缕春风。可惜时间长了，春风先是变成了秋风，后来干脆成了西北风。我再也保持不了淑女的风范。开业务会，我会因为不同意见而勃然大怒，对我看不惯的人和事猛烈攻击，有的时候还会把矛头直接指向我的顶头上司，甚至直接顶撞老板。出外办事也是一样，人家都以为我是一个弱女子，但没想到我一出口，就像上了膛的机关枪，横扫一气。如果我始终是这样也就罢了，干脆永远做怒目金刚也不失为一种风格。但是，每次发过脾气之后，我都会飞快地进入后悔的阶段，我仿佛被鬼魂附体，在那个特定的时间就不是我了，而是另一个披着我的淑女之皮的人。我不喜欢她，可她又确确实实是我的一部分。

看得出这番叙述让她堕入了苦恼的渊薮，眼圈都红了。我递给她一张面巾纸，她把柔柔的纸平铺在脸上，并不像常人那般上下一通揩擦，而是很细致地在眼圈和面颊上按了按，怕毁了自己精致的妆容。待她恢复平静后，我说，那么你理想中的外柔内刚是怎样的呢？

穿宝蓝绸衣的女子一下子活泼起来，说，我给你讲个故事吧。那时我在国外，看到一家饭店的人冤枉了一位印度女子，明明道理在她这边，可饭店方就是诬陷她偷拿了某个贵重的台灯，要罚她的款。大庭广众之下，众目睽睽的，非常尴尬。要是我，哼，必得据理力争，大吵大闹，逼他们拿出证据，否则绝不甘休。那位女子身着艳丽的纱丽，长发披肩，不温不火，在整个两小时的征伐中，脸上始终挂着温婉的笑容，但是在原则问题上丝毫不让。面对咄咄逼人的饭店侍卫的围攻，她不急不恼，连语音的分贝都没有丝毫提高，她不曾从自己的立场上退让一分，也没有一个小动作丧失了风范，头发丝的每一次拂动都合乎礼仪。

那种表面上水波不兴、骨子里铮铮作响的风度，真是太有魅力啦！穿宝蓝绸衣的女子的眼神充满了神往。

我说，我明白你的意思了，你很想具备这种收放自如的本领：该硬的时候坚如磐石，该软的时候绵若无骨。

她说，正是。我想了很多办法，真可谓机关算尽，可我还是做不到，最多只能做到外表看起来好像很镇静，其实内心躁动不安。

我说，当你有了什么不满意的时候，是不是很爱压抑着自己？穿宝蓝绸衣的女子说，那当然了。什么叫老练，什么叫城府，指的就是这些啊。人小的时候天天盼着长大，长大的标准是什么？这不就是长大嘛！人小的时候，高兴啊懊恼啊，都写在脸上，这就是幼稚，是缺乏社会经验。当我们一天天成长，就学会了察言观色，学会了人前只说三分话，未可全抛一片心。风行社会的礼仪礼貌，更是把人包裹起来。我就是按着这个框子修炼的，可是到了后来，我天天压抑着自己的真实情感，变成了一张面具。

我说，你说的这种苦恼我也深深地体验过。在阐述自己观点的时候，在和别人争辩的时候，当被领导误解的时候，当自己的一番好意却被当成驴肝肺的时候，往往就火冒三丈，也顾不得平日克制而出的彬彬有礼了，也记不得保持风范了，一下子义愤填膺，嗓门儿也大了，脸也红了。

听我这么一说，穿宝蓝绸衣的女子笑起来说，原来世上也有同病相怜的人，我一下子心里好过了许多。只是后来您改变了吗？

我说，我尝试着改变。情绪是一点一滴积累起来的，我不再认为隐藏自己真实的感受是一项值得夸赞的本领。当然了，成人不能像小孩子那样，把所有的喜怒哀乐都写在脸上，但我们的真实感受是我们到底是一个怎样的人的组成部分。如果我们爱自己，承认自己是有价值的，我们就有勇气接纳自己的真实情感，而不是笼统地把它们隐藏起来。一个小孩子是不懂得掩饰自己的内心的，所以有个褒义词叫作"赤子之心"。人渐渐长大，在社会化的过程中，学会了把一部分情感埋在心中。在成长的同时，也不幸失去了和内心的接触。时间长了，有的人以为凡是表达情感就是软弱，而要把情感隐蔽起来，这实在是人的一个悲剧。

我们的情感，很多时候是由我们的价值观和本能综合形成的。压抑情感就是压抑了我们心底的呼声。中国古代的人就知道，治水不能"堵"，只能疏导。对情绪也是一样，单纯的遮蔽只能让情绪在暗处像野火的灰烬一样，无声地蔓延，在一个意想不到的地方猛地蹿出凶猛的火苗。想通这个道理之后，我开始尊重自己的情绪。如果我发觉自己生气了，我不再单纯地否认自己的怒气，不再认为发怒是一件不体面的事情，也不再竭力用其他的事件分散自己的注意力。因为发自内心的愤怒在未被释放的情况下，是不会像露水一样无声无息地渗透到地下销声匿迹的，它们会潜伏在我们心灵的一角，悄悄地发酵，膨胀着自己的体积，积攒着自己的压力，在某一个瞬间就毫不留情地爆发出来。

如果我发觉自己生气了，就会很重视内心的感受，我会问自己，我为什么生气？找到原因之后，我会认真地对待自己的情绪，找到疏导和释放的最好方法，再不让它们有长大的机会。举个小例子，有一段时间我一听到东北人说话的声音心中就烦，经常和东北人产生摩擦，不单在单位里，就是在公共汽车上或是商场里，也会和东北籍的乘客或是售货员争吵。终于有一天，我决定清扫自己这种恶劣的情绪。我挖开自己记忆的坟墓，抖出往事的尸骸。那还是我在西藏当兵的时候，一个东北人莫名其妙地把我骂了一顿，反驳的话就堵在我的喉咙口，但一想到自己是个小女兵，他是老兵，我该尊重和服从，吵架是很幼稚而不体面的表现，我就硬憋着一言不发。那愤怒累积着，在几十年中变成了不可理喻的仇恨，后来竟到了只要听到东北口音就过敏反感，非要吵闹才可平息心中的阻塞，造成了很多不必要的误会。

我把我的故事跟穿宝蓝绸衣的女子讲完了。她说，哦，我有了一些启发。外柔内刚的柔只是表象，只是技术，单纯地学习淑女风范，可以解决一时，却不能保证永远。这种皮毛的技巧，弄巧成拙，也许会使积聚的情绪无法宣泄，引起某种场合的失控。外柔需要内刚做基础，而内刚不是从天上掉下来的，是靠自我的不断探索。

我说，你讲得真好，咱们都要继续修炼，当我们内心平和而坚定的时候，再有了一定的表达技巧，就可以外柔内刚了。

  某天,一位朋友给我打电话,说,你到哪里去了?我找得你好苦啊!因为是很好的朋友,我也和她开玩笑说,你是不是要请我吃饭啊?我欣然前往。她着急地说,吃饭有什么难啊,事成之后,我一定大宴于你。只是我们现在要把事情做完,每拖延一天,损失就太大了。

  我听出她语气中的急迫,也就收敛起调侃,问道,到底出了什么事?

  她不容置疑地说,我要请你做心理咨询。我松了一口气,说,你要做心理咨询,这很好啊。看来大家是越来越重视自己的心理健康了。只是我们是朋友关系,我不能给你做心理咨询。我会为你介绍一位很好的心理咨询师,由她给你做。

  朋友说,这个病人不是我,是我的一位同事的亲戚的朋友的孩子。说实话,我并不认识这个病人,和我也没有多么密切的关系,人家信任我,我才来穿针引线。

我说，你真是古道热肠，拐了这么多的弯，还把你急成这样。给你小小地纠正一下，来做心理咨询的人不是病人，我们通常称他们为来访者。

朋友说，这有什么很大的不同吗？叫病人比较顺嘴。

我说，很多人来做心理咨询，并不是因为有了心理疾病，而是为了寻求更好的发展潜能和更亲密的人际关系。

朋友说，但我说的这个孩子确确实实是病了。当然不是身体上的病，他的身体棒得能参加奥运会，却不肯去上学。再有两个月就要高考了，这是多么关键的时刻，可他说不上就不上了，谁劝也没用。一家人急得爸爸要跳楼、妈妈要上吊，他却无动于衷，整天把自己关在屋里玩电脑，任谁都不见。家里人急着要找心理医生，但这个孩子主意太大了，根本就不答应去。后来，他家里人找到我，让我跟你联系。那孩子说如果是毕淑敏亲自接待他，他就前来咨询。现在总算联系上了，你万不能推托。你什么时候有时间呢？让他父母带着他来见你……

我一边听着朋友的述说，一边查看工作日程表。最近的每一个时段都安排得满满的，只有7天后的傍晚有一小时的空闲。

我把这个时间段告知了朋友，请她问问那位中学生届时有没有空。

朋友大包大揽道，只要你能抽出时间，那边还有什么好说的，他们一定会来的。

我很严肃地对她说，请你一定把我的原话传过去。第一，要再次确认那位中学生是自己愿意来谈谈他的想法，而不是被父母强迫而来的。第二，征询那个时间对他合不合适。如果他有重要的事情，我们还可以再约另外的时间。第三句话就不必传了，只和你有关。

朋友说，前两件我都会原汁原味地传达到。只是这第三句话是什么，我很想知道。怎么把我这个穿针引线的人也包括进去了？

我说，第三句话就是，你的任务就到此为止了。因为这种特殊的就诊方式，你已经卷入了开头部分。关于进展和结尾，恕我保密。你若是好奇或是其他原因追问我下文，我会拒绝回答。到时候，请你不要生气。不是我不理睬你，友情归友情，工作是工作，保密是原则问题，祈请见谅。

朋友说，好，我把你的话传到就算使命截止。我会尊重你们的工作规定。

一周后的傍晚，一对衣着光鲜的夫妻押着儿子来了。我之所以用了"押"这个词，是因为夫妇俩一左一右贴身护卫着那个高大的年轻人，好像怕犯人逃跑的衙役。年轻人走进咨询室的时候，他们俩也想一并挤入。

接待人员递给我咨询表格，轻声对他们说，你们并不是整个家庭接受咨询。

年轻人说，对，这是我一个人的事。说完，他懒懒散散走进了咨询室，一屁股坐在沙发上，目光直率地打量着我，我也打量着他。

他叫阿伦，身高大约一米八三，双脚不是像旁人那样安稳地倚着沙发腿放置，而是笔直地伸出去，运动鞋像两只肮脏的小船翘在地板中央。他身上和头发里发出浓烈的龌龊汗气，让人疑心置身于一家小饭馆的烂鸡毛和果皮堆的混合物旁。我抑制住反胃的感觉，不动声色地等着他。

你为什么不先说话？他很有几分挑衅地开始了。

我说，为什么我要先说话呢？这里是心理咨询室，是你来找的我，当然需要你先说出理由了。

他突然就笑了，露出很整齐却一点也不白的牙齿，说，你说得也有几分道理啊。不过，是他们要我来见你的。

我问，他们是谁？

阿伦歪了歪鼻子，用鼻尖点向候诊室的方向，在墙的那一边，走动着他焦灼不安的父母。

我表示明白他的所指，把话题荡开，问道，你好像比他们的个子都要高？

他好像受到了莫大的夸奖，说，是啊，我比他们都高。

我说，力气好像也要比他们大啊！

阿伦很肯定地点头说，那是当然啦！我在三年前掰腕子就可以胜过我父亲了。

我把话题一转：如果你不愿意来，你的父母是无法强迫你到心理咨询师这里来的。

阿伦愣了一下，说，对，我是自愿的。

我说，既然你是自愿来的，那你有什么问题要讨论呢？

阿伦说，我其实没有问题，是他们觉得我有问题。我不过是上上网，玩玩电子游戏，有什么了不起的？

　　我不想跟阿伦在到底是谁有问题的问题上争执不休。因为第一次咨询的任务，最主要是咨询师要和来访者建立起良好的关系，培养起信任感并了解情况。我说，你一天上网的时间是多少呢？

　　他说，大约 18 个小时吧。

　　我无法掩饰自己的惊讶，问道，那你何时吃饭、何时睡觉呢？

　　阿伦说，饿了就吃，一顿饭大约用 3 分钟。实在熬不住了，就睡，每次睡 15 分钟再起来战斗。我发现人一天睡 5 小时就足够了，说睡 8 小时那是农耕时代的懒惰。

　　我说，首先恭喜你——

　　我的话还没有说完，就被阿伦打断了。您不是在说反话吧？

　　我很惊奇地反问他，你从哪里觉得我是在说反话呢？

　　阿伦说，所有的人知道我这样的作息时间之后，都说我鬼迷心窍，哪能一天只睡 5 小时呢？

　　我说，我要恭喜你的也正是这一点。因为通常的人是需要每天睡 8 小时，如果你进行了正常的工作学习而只需要 5 小时的睡眠就能恢复精力，这当然是值得庆贺的事情。每天能节约出 3 小时，一辈子就能节约出若干岁月，你要比别人富余很多时间呢，当然可喜可贺。

　　阿伦点点头，看来相信我说的是真心话。我紧接着问道，那你何时上学做功课呢？

　　阿伦皱起眉头说，您是真不知道还是假装不知道呢？我已经整整 28 天不去上学了。

我发现当他说到"28 天"这个日子的时候，眼睫毛低垂了下去。我说，看来，你还是非常在意上学这件事的。

他立刻抗议道，谁说的？我再也不想回到学校了，那是我的伤心之地。

我说，你连每一天都计算得这样清楚，当然是重视了。只是我不知道，在 28 天以前发生了什么重大的事情，让你做出了不再上学的决定，直到今天还这样愤怒伤感？

阿伦很警觉地说，你到学校调查过我了？

这回轮到我笑起来说，你真是高估了我。你以为我是克格勃？我哪有那个本事！

阿伦还是放不下他的戒心，说，那你怎么知道 28 天以前发生过什么重大的事情？

我收起笑容说，能让你这么一个身高体壮、智力发达、反应灵敏的年轻人做出不上学的决定，当然是一件重大的事情啦！

阿伦说，你猜得不错。28 天之前，正好是我们模拟报高考志愿的时候。我看到发下来的报名表，想也没想就填上了"清华大学"。当然了，我的成绩距离上清华还有很大的差距，但我想，距离考试还有几个月的时间，谁说我就不能创造点奇迹呢？再有，士可鼓而不可泄呢，这也是兵法中常常教导我们的策略嘛！

没想到代课老师走到我面前，斜眼看了看我的志愿，说，就你这德行也想报清华，你以为清华是自由市场啊？

那天正好我们的班主任因病没来，要是班主任在，也许就不会出事了。这位代课老师因为我有一次打篮球没看见她，忘了问好，就被她记了仇。

我说，怎么啦，清华就不能报了？

老师说，也不看看自己的成色，别给学校丢人了，这样的报考单送到区里做摸底统计，人家不说你不知天高地厚，反倒说是老师没教会你量力而行。

如果老师单单说到这里就停止，我也就忍气吞声了。学校里，老师挖苦学生是天经地义的事，我们都麻木了，我低下了头。老师不依不饶，她撇着嘴说，就凭你这样的人还想为校争光，那我就大头朝下横着走！

听到这里，我忍不住插话道，这位老师如此伤害你的自尊心，我听了很生气。

阿伦没理我，自顾自地说下去。

不知为什么，老师这句话强烈地刺激了我，我一想起面目可憎的老师能像个螃蟹似的头抵着土在地上爬行，就不由自主地哈哈大笑。老师摸不着头脑，但是能感觉到我的笑声和她有关，就厉声命令我不要笑。但我依旧大笑不止，她束手无策。那天我笑得天昏地暗，从学校一直笑回了家，闹得父母很吃惊，以为我考了 100 分。

我走火入魔似的陷入了这种想象之中，但是要让老师真的趴在地上，是有条件的，我必得为校争光。真的考上清华吗？我没有这个把握，若是考不上，岂不验证了老师对我的评判？我就滋生了放弃高考的念头。一场考试，如果我根本就没有参加，就像武林高手不曾刀光剑影、华山论剑，你就无法说谁是武林第一。但是放弃了高考，我用什么来证明自己呢？我想到了网络游戏。

说到这里，阿伦抬起头，问道，您玩网络游戏吗？

我老老实实地回答，不玩。我老眼昏花的，根本就反应不过来。

阿伦同情加惋惜地叹口气说，那您也一定不知道"魔兽""部落""联盟"这些术语了？

我说，真的很遗憾，我不知道。但我很想向你学习。

我说的是真心话。既然我的来访者是这方面的高手，既然他沉迷于网络不能自拔，我当然要向他请教，我要走入他的世界，我要感同身受地体验到他的快乐和迷惘，我必须了解到第一手的资料和感受。

阿伦说，那我就要向您进行一番普及教育了。他说着，有点似信非信地看着我。

我马上双手抱拳，很恭敬地说，阿老师，请你收下我这个学生。只是我年纪大了，脑袋瓜也不大好使，还请老师耐心细致地讲解，不要嫌弃我笨。如果有不明白的地方，我会提出来，也请老师深入浅出地回答。

他快活地笑起来，说，我一定会耐心传授的。说完，他就一本正经地向我解释起经典游戏的玩法。我非常认真地听他讲授，重要的地方还做笔记。说实话，专心致志的劲头，只有当年在医学院做学生听教授讲课的时候才有这般毕恭毕敬。

交流平稳地推进着，离结束只有10分钟时间了。按照咨询的惯例，我要进入"包扎"阶段。也许在不同的流派里，对这段时间的掌握和命名各有不同，但我还是很喜欢用"包扎"这个术语。咨询的过程，在某种程度上就是打开了来访者的创伤，在来访者离去之前，一个负责任的心理咨询师要把这伤口消毒与缝合，让来访者在走出咨询室的时候不再流血和呻吟。心理创伤和生理创伤一样，陈年旧疾和深入的刀口，都不是一朝一夕可以愈合如初的。心理咨询师要有足够的耐性和准备，第一次咨询主要是建立起真诚的信任关系和了解情况，其余的工作来日方长。

我说，谢谢你如此精彩的讲解，现在，我对网络游戏多了了解。

阿伦轻快地笑起来，说，能和您这样谈话，真是很愉快啊。我还要再告诉您一个重要的秘密，我就要代表中国和韩国的选手比赛了，如果我们赢了，那就真是为国争光了！

我伸出手来祝贺他说，你在游戏中充满了爱国精神。

他紧紧地握住了我的手，说，您说的是真心话吗？

我说，当然，你可以使劲握住我的手，你可以感觉到我的手的力量。如果我的话是假的，我会退缩。

阿伦真的握住了我的手，我感觉到他的手在轻轻地发抖。

分手的时间到了，我对阿伦说，谢谢你对我的信任，告知我那么多的知心话，我会为你保守秘密的。也谢谢你耐心地为我这样一个游戏盲讲解游戏，让我对此有了一定的了解。我希望在下个星期的这个时间能够看到你来，咱们还要讨论为国争光的问题呢！

阿伦脸上的神色突然变得让人捉摸不透。他对我说，原谅我下个星期的这个时间不能来您这里了。

我尊重阿伦的意见，因为如果来访者自己不愿意咨询了，无论咨询师多么有信心也无法继续施行帮助计划了。

我表示理解地点点头。

阿伦突然扬起了眉毛，说，下个星期的这个时候，我想我是在学校上晚自习吧。您知道，毕业班的功课是非常吃紧的。

我大吃一惊。说实话，在整个咨询过程里，我们不曾探讨上课的事，我认为时机未到。

阿伦是个无比聪明的孩子，他看出了我的困惑，说，我知道爸爸妈妈领我来的意思，谢谢您没有说过一句让我回去上课的话。在来的路上我就想好了，如果您也千篇一律地劝我的话，我会扭头就走。谢谢您，什么也没说。您向我讨教游戏的玩法，我很感动。从小到大，还没有一个成年人如此虚心地向我求教过，这样耐心地听我说话。还有，您最后祝愿我为国争光，我非常高兴，您终于理解我不上学其实只是想证明自己是有能力做一些事情并且能做好的。对了，您还表示了对那个老师的愤慨，让我觉得很开心，觉得自己不再孤独和愚蠢……现在，我不需要再用网络游戏来证明什么给那个老师看了，我要回到书本中去了。我知道这也是您希望的，只是您没有说出来。

我们紧紧握手，这一次，他的手掌都是汗水，但不再抖动。

过了暑假，那位朋友跟我说，你用了什么法子让那个网络成瘾的孩子改邪归正的？他的父母非常感谢你，因为他考上了重点大学，真是考出了最好的成绩呢！他们想请你吃饭，邀我作陪。

我说，咱们可是有言在先的，我不能向你透露任何相关的信息，也不能赴宴。如果你馋虫作怪，我来请你吃饭好了。

朋友说，我看他们感谢你还不是最主要的目的，主要是想探听出你究竟跟他们的儿子说了点什么，能有这么大的功效。

我说，那一天，我说得很少，阿伦说得很多。其余的，无可奉告。

　　我猜你第一眼看到这个题目，一定以为是"最重要的咨询者"。很抱歉，不是最重要，是最重。你可能要大吃一惊，说你们的心理咨询室里还设磅秤吗？每个来咨询的客人，都要量体重吗？

　　并没有人体秤，我也从来没有问过来访者的体重。只是这位来访者实在太胖了，不用任何器械，我也能断定他在我所接待过的来访者中体重第一。

　　他穿了一条肥大的牛仔裤，一看就是那种出口转内销的外贸尾单货，专供欧美等国特大号胖子装备的。上身是一件黄绿相间的花衬衣，有点苏格兰格子的味道，想来是从国外淘买回来的，亚洲人难得有这样庞大的规格。他名叫武威，正在上大学三年级。

　　我好着呢！什么毛病也没有！武威开门见山地说。他小山似的身体将咨询室的沙发挤得满满当当，腰腹部的赘肉从沙发的扶手镂空处挤出来，好像是脂肪的河流发山洪溢出了河道。我暗自庆幸当年置办办公家具的时候，选择了不锈钢腿的沙发。若是全木质精雕细刻的，在这样的负荷之下，难免断裂。

我说，既然你觉得自己一切正常，为什么到我们这里来呢？

我问这话，不单单是一个询问策略，实实在在也是自己心中的困惑。当然了，武威的体形令人瞠目结舌，但如果当事人不觉得这是一个问题，心理咨询师也犯不上自告奋勇、迫不及待地为他人排忧解难。

武威一笑，笑容有一种孩子般的天真。他说，我说我觉得自己正常，但这并不代表着我的家人也觉得我正常。

我说，这么说，是家里人让你来看心理医生的？

武威说，可不是吗！他们说我太胖了，马上就要面临大学毕业找工作，像我这样的体形，会受到歧视，更甭说以后找对象结婚的事了。总之，他们让我减肥，我吃过各式各样的减肥药，喝过名目繁多的减肥茶，还尝试过针灸、推拿、揉肚子……

我问，什么是揉肚子？

武威说，一种新近流行起来的减肥方法，就是好几个人在你的肚子上像和面一样揉啊揉的，据说能把腹部的脂肪颗粒粉碎，这样就可以排出体外了。还有一种吸油纸，就像胶布一样贴在你想减肥的部位，大概过上一小时，就会看到那片纸变透明了，全都是油滴。

我大吃一惊。以我当过二十年医生的经验，绝对不相信人体内的脂肪会被一张纸榨出来。

这是真的吗？我问。

武威说，有一次，我把吸油纸贴在冰箱外壳上。一小时之后，吸油纸也是油光闪闪的。

我愤然，怎么能这样骗人！

武威说，现在社会上流行以瘦为美，商家就利用人们的这种心理大发减肥财呗。

我发现武威虽然看起来动作迟缓，但思维清晰敏捷。

我说，想必你尝试过种种减肥方法，都没效果。

武威说，您说对了一半。就我尝试过的方法，公平地说，除了吸油纸是彻头彻尾的骗术，其他的多少都有一些效果。它们之中要么是用了泻药，要么使用了西药抑制人的食欲，每次我都能成功地减肥几十公斤。

我又一次坠入雾海。若是每一次都减肥成功，那么武威目前就不会是如此的庞然大物了。或者说，他以前简直重如泰山？

看到我百思不得其解的模样，武威说，是的，每一次都成功，可是，您知道反弹吗？

我说，知道，就是体重又恢复到原来的分量了。

武威说，岂止是原来的分量，是更上一层楼了。我就这样，一次又一次地减肥，然后一次又一次地比原来更肥。

我觉得武威说完这句话应该愁眉苦脸，起码也会叹一口气吧。可是，武威依然是安之若素的模样，甚至嘴角还浮现出隐隐的笑意。

我有点怀疑自己的眼睛，但是，没错，武威脸上并没有任何沮丧的神情，看来，他说自己没有问题，也不是毫无根据的。但是，面对着这种明显不正常的体重，还要说一切正常，这是不是正是要害所在呢？

我对武威说，我看，你对自己的体重并没有觉得有什么不合适的地方。

武威好像遇到了知音，说，哎呀，您可真说到我的心里了。我并不觉得这不正常。

把一个明显不对头的事说成正常，这也是问题啊。我说，武威，你可以有一个选择。你要是觉得自己没有一点问题，你就可以走了。你要是希望自己变得更好，咱们就来探讨一下有关的问题。毕竟，你的体重超标了，这是一个事实。

武威迟疑了一下。看来，他是一个好脾气的胖子，所以，他并不想忤逆父母的意愿，就乖乖地来见心理医生了。不过，他打算走个过场，然后就照样我行我素。现在，面临选择，他费了思量。过了一会儿，他说，您说这话我愿意听——谁不愿意把自己变得更好呢？我愿意和您讨论一下我的体重问题。

很好，显著的进步。武威终于承认自己的体重是一个问题了。

我说，你从小就比较胖吗？

武威连连摇头说，我小的时候一点都不胖。从十二岁零三个月的时候开始发胖。以后就越发不可控制，差不多每年长 20 斤。要说一个月长一斤多肉，也不是什么了不起的事，但日积月累，就成了现在的样子。

这段话初听起来，好像很普通。但我注意到了一个奇怪的数字——十二岁零三个月。按说体重增加并不是突然发生的，但武威为什么把日子记得那样清楚呢?

我说,武威,当你十二岁零三个月的时候,发生了什么?

武威低下头说,我不能告诉你。

我说,为什么?

武威说,因为一想起那段日子,我就太悲伤了。

我说,武威,将近十年过去了,你还这样痛苦。我猜想,这也许和你的一位挚爱的人离去有关。

武威抬起头来,我看到他的眼珠被泪水包裹。他说,您说对了。我从小就是和外婆在一起,她是个非常慈祥的老太太。我从她那里得到了温暖和做人的道理。我觉得她这样好的人是永远不会死的。可是,她得了癌症。很多人得了癌症,也都可以治疗,比如化疗什么的,就算不能挽回生命,坚持个三年五载的也大有人在。可我外婆什么治疗都不能做,从发现患病到去世,只有短短的二十天。我痛不欲生,拼命吃饭,从那以后,就踏上了变胖的不归路……

我的脑海开始快速运转。按说痛不欲生的结果,是令人食欲大减,饭不思茶不饮的,似这般暴饮暴食,胡吃海塞,搞得体重骤升的,实在罕见。

我说,原谅我问得可能比较细,你吃下那么多东西的时候想的是什么?

武威说,我想这就是悼念我外婆的一种方式。

我又一次糊涂了。祭奠亲人的方式,可能有千千万万种,但用超常的食欲来思念外婆,这里面有着怎样的逻辑?

我说，你外婆一直鼓励你多吃饭吗？

武威说，没有。外婆是非常清秀的江南女子，直到那么老的年纪都非常美丽，每餐只吃一点点饭。

我说，那么，你为什么要用吃饭悼念外婆呢？

武威陷入了痛苦的回忆。许久，他喃喃地说，也许……是因为……我听到了一句话。

我说，那是一句怎样的话？

武威用手支撑着巨大的头颅，说，那一天，我到医院去看望外婆。正是中午，大家都休息了。当我路过医生值班室的时候，听到两位值班医生在说话。男医生说，13床的治疗方案最后确定了没有？女医生说，没有什么治疗方案了，就是保守对症，减轻病人一点痛苦。男医生问，干吗不手术呢？女医生答，年纪太大了，如果手术，很可能就下不了台子，比不做还糟糕。男医生又开言，那么化疗呢？资料上说，现在新的药物对这种癌症效果不错的。女医生接着回答，13床太瘦弱了，化疗方案一上去，人肯定就不行了，还不如这样熬着，活一天算一天……

13床，就是我的外婆啊。

医生们的这段对话，给我留下了非常深刻的印象。我觉得外婆的死就是因为她太瘦了，瘦到无法接受治疗，如果她胖一点，就能够战胜死神，就能一直陪伴在我身边……

武威断断续续地讲着，他的眼泪一滴滴洒落在黄绿相间的格子衬衣上，让黄的地方更黄，绿的地方更绿。胖人的眼泪也比一般人的要硕大很多，每一滴都像一颗透明的弹球。

    我默默地坐着，能够想象至亲的人的离去给当年的小男孩以怎样摧毁般的打击。他以自己的方式表示着痛入心肺的哀伤，表示着对死神的强大愤怒，表示着对外婆的无比眷念……难怪他不认为这是不正常的，难怪他在每一次减肥之后都让自己的体重变得更重。

    在接下来的多次咨询中，我和武威慢慢地讨论着这些。当然，我不能把自己的判断一股脑儿地告知他，而是在我们的共同探讨中渐渐向前。

    武威后来成功地减下了 50 公斤体重，成了英俊潇洒的靓仔，对外婆的悼念也化成了力量，他各方面都很优秀。

　　那一天，我和这位 80 年代出生的女孩坐在一间有落地窗的屋子里，窗外不远处有一个花坛，花坛里开放着粉红色的刺玫瑰，我们喝着不放糖和牛奶的咖啡，任凭窗帘扑打着发丝和脸颊。

　　女孩戴着口罩，把眼睛露出口罩的边缘，说，所有的科学知识我都知道了，可我还是害怕。我可以对你说我不害怕，可那是假的，理智不可能解决情感问题。你说我怎么能不害怕？

　　她指的是"非典"。2003 年上半年，中国使用频率最高的一个词大概就是"非典"。医学家统计，在罹患"非典"的人群里，青壮年占了 70% 以上，特别是 20 ~ 30 岁的青年人在总发病率中占了三成比例。从这个意义上说，"非典"具有生机勃勃的杀伤性。

　　面对"非典"，广大人群表现出恐慌，这在疾病流行早期是可以理解的。什么恐慌是最严重的呢？从我接触的人群来看，是年轻人。年幼的孩子，尚不知恐惧和死亡为何物，他们看到大人惊慌，自己也跟着惊慌，但惊慌一阵子也就忘记了，在他们的字典中，恐慌基本上只和考试相连，其余的都不在话下。中老年人，除了家里有很多牵挂放不下，一般还比较从容，也许是因为他们年纪较大，已经或多或少地考虑过死亡了。年轻人的恐慌，主要来自在有限的生命体验中，找不到被一种小小的病毒杀得人仰马翻的经验。人们对自己未知的事物总是充满了震惊和慌张，这是人的正常心理反应，一如我们面对着不可知的黑暗，你不知道在暗中潜伏的是老虎还是蜥蜴。如果我们有了一盏灯，我们的心里就踏实了一点。如果我们在有了灯之后又有了一根结实的棍子，信心就增长了一些。假如天慢慢地亮起来，太阳出来了，安全感就更雄厚了。科学家对"非典"病毒的寻找和描述，就是我们在晦暗中的灯光。现在已经初步看清了这个匍匐在阴影中的魔鬼，知道它的爪子从何处伸来，利齿从何处噬咬。我们也有了一根粗壮的棍子，那就是严格的消毒和隔离措施。大多数人的恐慌渐渐地散去，一如冬季北方旷野上的薄雾。

我问女孩，"非典"在北京爆发之后，你在哪里？

她说，我在公司做职员，刚开始隔天上班，现在干脆不用去了。我的同事们很多都离开了北京，忍受不了这种恐惧的压榨。听说在北京不容易走，有人就骑着自行车跑到北京周边的地区，然后把自行车一扔，坐上汽车火车，跑回老家去了。可惜我的爷爷奶奶、姥姥姥爷都在北京，无地可去，只能和这座城市共存亡。我非常害怕……

我握了握她的手，果然，她的手指被冷汗粘在一起，像冰雹打过的鸟翅簌簌抖动。我说，我没有办法使你不怕，但有一个人能帮助你。

她迫不及待地问，谁？

我说，你自己。

她说，我怎么能帮我自己呢？

我说，你拿来一张纸，把自己最害怕的事写下来。

她站起身，拿来一张雪白的大纸，几乎覆盖了半张桌面。然后，一笔一画地写下：

第一个害怕：我还没有升到办公室的主管，就停止了前程。

第二个害怕：我按揭买下的房子，还没有付完全款。

第三个害怕：我刚刚交男朋友，还没有深入发展感情。

第四个害怕：我准备送给我妈妈一件茉莉紫的羊绒衫，还没来得及买。

第五个害怕：我上次和我爸爸吵了一大架，还没跟他和好。要是我死了，多遗憾。

第六个害怕：我热爱旅游，很想走遍世界。现在连新马泰和韩国还没去成呢，就要参观地狱了。

第七个害怕：我想减肥，还没有达到预定的斤数。

第八个害怕……

当她写到"第八个害怕"的时候，停了下来。我说为什么停笔了？她歪着头从上到下看了半天，说，差不多了，也就是这些了。

我说，不多嘛，看你拿来那么大一张纸，我以为你会写下100条害怕。请检视一下你的种种害怕，看看有哪些可以化解或减弱。

她仔细地端详着自己刚刚写下的害怕。说道，第七个害怕最不重要了，如果得了病，高烧几天，估计体重就减下来了。

我说，很好啊，凡事就怕具体化。现在，你已经没有那么多的害怕了，只剩下六条，再来具体分析。

姑娘看看手上的纸，说，有两条是可以立刻做的，做完了，我就不再害怕。

我说，哪两件事？

她说，今天我下班之后，就到商场给我妈妈买一件茉莉紫的羊绒衫，如果这个颜色商场一时无货，我就买一件牵牛花紫的羊绒衫，要是也没有，买成大枣红的也行。第二件事是和爸爸推心置腹地谈谈。我爸是个特好面子的人，所以我先同他讲话，他一定会爱搭不理的。要是以前，我才不热脸贴他的冷屁股呢！但经过了"非典"，我比较能忍耐了。我会对他说，"非典"让我长大了，我是你的朋友，让我们像真正的朋友那样讲话，好吗？

我说，真喜欢你说"非典"让你长大了这句话。成长不但发生在幸福的时候，更多的是发生在苦难之中。

她受到了鼓励，原本被恐惧刷得灰白的面庞，有了一丝属于年轻人的绯红。她继续看着害怕清单，低声说，至于刚刚交下的男朋友，好像也不是什么值得害怕的事情，这需要细水长流慢慢了解。就算是没有"非典"，也不一定就能达到海誓山盟、男婚女嫁……

说到这里，她大概突然看到了害怕清单上的第二条，笑起来说，至于还不上贷款这件事，我要把它开除出去。这不是我该害怕的事，最害怕的该属房地产开发商。这是不可抗力，是地产老板们最爱用于推诿的理由，想不到也可以子之矛攻子之盾，让他们头疼一回。

开发商的困境引发了女孩的幽默感，她显出些许幸灾乐祸的快乐，旋即细细的眉头又皱了起来，说，害怕清单上不能去世界旅游这一条，无论如何是去不掉了。

我说，你要到各地去旅游，为了什么？

为了让我快乐，看我没有看过的风景，听我没听过的鸟鸣。她很快回答道。

我说，这是旅游最好的理由。只是我想问你，你可曾注意到窗外不远处的花坛里刺玫瑰在悄然开放？

她一脸茫然地说，刺玫瑰真的开花了吗？

我用手指敲敲窗子说，你往前面看。

她把脸压在玻璃上，贪婪地看着窗外，每一朵刺玫瑰都如同换牙的小童，憨态可掬。她惊讶地说，真的，在"非典"肆虐的春天，刺玫瑰居然还在开放。真怪啊，我以前怎么从来没有注意到呢？

她的目光从睫毛的缝隙中向更远处眺望，说，哦，我不但看到刺玫瑰了，我还看到国色天香的牡丹和路边卑微的蒲公英，也一样蓬勃地开放着……

她是很聪明的女孩，很快就悟出了，说，我明白了，美丽的风景不一定要到远处寻找，也许就在我们的身边。

我说，起码我们先把眼前的风光欣赏完了，再看远处无妨。

这位 80 年代出生的女生看看自己的害怕清单，然后说，好吧，就算没法周游世界，我也不再害怕了。但是，我要是升不到主管就死了，这还是可怕的事。

我说，你升到主管之后会怎样？

女孩说，我还要升到部门经理，然后是总经理……

然后呢？我问。

然后就是旅游了……旅游是为了开心，是为了快乐。对啊，我最终的目的是让自己快乐。那么我如果因为害怕，抢先丧失了快乐，我就太傻了，就是本末倒置，就是一个大笨蛋……她自言自语，眼珠飞快地转动着。

那一天的结尾，是这个姑娘把那张像大字报一样的害怕清单撕掉了。80年代出生的年轻人，在此次"非典"流行的过程中，交出了形形色色的答卷。比如我在电视里，就看到二十岁刚出头的女护士，英勇如同身经百战的士兵，穿戴着把人憋得眼冒金星的三重隔离服，给年纪足够当她伯父的病人做治疗和宽慰疏导。

这就是泥沙俱下的生活，这就是新的一代人。报章上有人管他们叫"跑了的一代"。我觉得在他们如此年轻的时候就遭遇到了一场突如其来的严重的灾难，是不幸也是大幸。恐惧可以接纳，却不能长时间地沉溺，逃跑更是懦夫退缩的行径。当你有能力直面灾难时，细细将它们剖析，在灾难中看到鲜花依旧在不远处开放，那就有了不再惧怕、不会逃跑的气概。

来访者进门的时候，带来了一股寒气，虽然正是夏末秋初的日子，气候还很炎热。

女孩，十七八岁的样子，浑身上下只有两种颜色——红与黑。这两种美丽的颜色，在她身上搭配起来，却显得恐怖。黑色的上衣、黑色的裙，黑色的鞋子、黑色的袜，仿佛一滴细长的墨迹洇开，连空气也被染黑。苍黄的脸上有两团夸张的胭脂，嘴唇红得仿佛渗出血珠。该黑的地方却不黑，头发干涩枯黄，全无这个年纪的女孩应有的青丝光泽。眼珠也是昏黄的，裹着血丝。

"我等了您很久……很久……"她低声说自己的名字叫飞茹。

我歉意地点点头，因为预约人多，很多人从春排到了秋。我说："对不起。"

飞茹说："没有什么对不起的，这个世界上对不起我的人太多了，您这算什么呢！"

飞茹是一个敏感而倔强的女生，我们开始了谈话。她说："您看到过我这样的女孩吗？"

我一时不知如何回答好，就说："没有。每一个人都是特殊的，所以，我从来没有看到过两个思想上完全相同的人，就算是双胞胎，也不一样。"

这话基本上是无懈可击的，但飞茹不满意，说："我指的不是思想上，我知道这个世界上绝没有和我一样遭遇的女孩——打扮上，纯黑的。"

我老老实实地回答："我见过浑身上下都穿黑衣服的女孩。通常她们都是很酷的。"

飞茹说："我跟她们不一样。她们多是在装酷，我是真的……残酷。"说到这里，她深深地低下了头。

我陷入了困惑。谈话进行了半天，我还不知道她是为什么而来。主动权似乎一直掌握在飞茹手里，让人跟着她的情绪打转。我赶快调整心态，回到自己内心的澄静中去。这女孩子似乎有种魔力，让人不由自主地关切她，好像她的全身都散发着一个信息——"救救我！"可她又被一种顽强的自尊包裹着，如玻璃般脆弱。

我问她："你等了我这么久，为了什么？"

飞茹说："为了找一个人看我跳舞。我不知道找谁，我在这个大千世界找了很久，最后我选中了您。"

我几乎怀疑这个女生的精神是否正常，要知道，付了咨询费，只是为了找一个人看自己跳舞，匪夷所思。再加上心理咨询室实在也不是一个表演舞蹈的好地方，窄小，到处都是沙发腿，真要旋转起来，会碰得鼻青脸肿。我当过多年的临床医生，判断她并非精神病患者，而是在内心淤积着强大的苦闷。

我说："你是个专业的舞蹈演员吗？"

飞茹说："不是。"

我又说："但这个表演对你来说，非常重要。为了这个表演，你等了很久很久。"

飞茹频频点头："我和很多人说过我要找到看我表演的人，他们都以为我是在说胡话，甚至怀疑我不正常。我没有病，甚至可以说是很坚强。要是一般人遇到我那样的遭遇，不疯了才怪呢！"

我迅速地搜索记忆，当一个临床心理医生，记性要好。刚才在谈到自己的时候，她用了一个词，叫作"残酷"，很少有正当花季的女生这样形容自己，在她一身黑色的包装之下隐藏着怎样的深渊和惨烈？现在又说到"疯了"，她到底发生了什么？

贸然追问，肯定是不明智的，不能跨越到来访者前面去，需要耐心地追随。照目前这种情况，我觉得最好的方法是尊重飞茹的选择：看她跳舞。

我说："谢谢你让我看舞蹈。需要很大的地方吗？我们可以把沙发搬开。"

飞茹打量着四周，说："把沙发靠边，茶几推到窗子下面，地方就差不多够用了。"

于是我们两个嗨哟嗨哟地干起活来，木质沙发腿在地板上摩擦出粗糙的声音，我猜外面的工作人员一定从门扇上的"猫眼"镜向里面窥视着。诊所有规定，如果心理咨询室内有异常响动，其他人要随时注意观察，以免发生意外。趁着飞茹埋头搬茶几的空子，我扭头对门扇做了一个微笑的表情，表示一切尚好，不必紧张。虽然看不到门那边的人影，但我知道他们一定不放心地研究着，不知道我到底要干什么。其实，我也不知道下面会发生什么事情，只是相信飞茹会带领着我一步步潜入她封闭已久的内心。

场地收拾出来了，诸物靠边，室内中央腾出一块不小的地方，飞茹只要不跳出芭蕾舞中"倒踢紫金冠"那样的高难度动作，应该不会磕着碰着了。

我说："飞茹，可以开始了吗？"

飞茹说："行了，地方够用了。"她突然变得羞涩起来，好像一个非常幼小的孩子，难为情地说，"您真的愿意看我跳舞吗？"

我非常认真地向她保证："真的，非常愿意。"

她用布满红丝的眼珠盯着我说："您说的是真话吗？"

我也毫不退缩地直视着她说："是真话。"

飞茹说："好吧。那我就开始跳了。"

一团乌云开始旋转，所到之处，如同乌黑的柏油倾泻在地，沉重，黏腻。说实话，她跳得并不好，一点也不轻盈，也不优美，甚至是笨拙和僵硬的，但我一直目不转睛地看着，我知道这不是纯粹的艺术欣赏，而是一个痛苦的灵魂在用特殊的方式倾诉。

飞茹疲倦了，动作变得踉跄和挣扎。我想要搀扶她，被她拒绝。不知过了多久，她虚弱地跌倒在沙发上，满头大汗。我从窗台下的茶几上找到纸巾盒，抽出一大把纸巾让她擦汗。

　　待飞茹满头的汗水渐渐消散，这一次的治疗到了结束的时候，飞茹说："谢谢您看我跳舞。我好像松快一些了。"

　　飞茹离开之后，工作人员对我说："听到心理室里乱哄哄地响，我们都闹不清发生了什么事，以为打起来了。"

　　我说："治疗在进展中，放心好了。"

　　到了第二周约定的时间，飞茹又来了。这一次，工作人员提前就把沙发腾开了，飞茹有点意外，但看得出她有点高兴。很快她就开始新的舞蹈，跳得非常投入，整个身体好像就在这舞蹈中渐渐苏醒，手脚的配合慢慢协调起来，脸上的肌肉也不再那样僵硬，有了一丝丝微笑的模样。也许，那还不能算作微笑，只能说是有了一丁点的亮色，让人心里稍安。

　　每次飞茹都会准时来，在地中央跳舞。我要做的就是在一旁看她旋转，不敢有片刻的松懈。虽然我还猜不透她为什么要像穿上了魔鞋一样跳个不停，但是，我不能性急。现在，看飞茹跳舞，就是一切。

　　若干次之后，飞茹的舞姿有了进步，她却不再一心一意地跳舞了，说："您能抱抱我吗？"

　　我说："这对你非常重要吗？"

　　她紧张地说："您不愿意吗？"

　　我说："没有，我只是好奇。"

　　飞茹说："因为从来没有人抱过我。"

　　我半信半疑，心想就算飞茹如此阴郁，年岁还小，没有男朋友拥抱过她，但父母总会抱过她吧？亲戚总会抱过她吧？女友总会抱过她吧？当我和她拥抱的时候，才相信她说的是真话。飞茹完全不会拥抱，她的重心向后仰着，好像时刻在逃避什么，身体仿佛一副棺材板，没有任何温度。我从心里涌出痛惜之情，不知道在这具小小的单薄身体中隐藏着怎样的冰冷。我轻轻地拍打着她，如同拍打一个婴儿。她的身体一点点地暖和起来、柔软起来，变得像树叶一样可以随风摇曳了。

　　下一次飞茹到来的时候，看到挤在墙角处的沙发，平静地说："您和我一道把它们复位吧。我不再跳舞了，也不再拥抱了。这一次，我要把我的故事告诉您。"

　　那真是一个极其可怕的故事。飞茹的爸爸妈妈一直不和，妈妈和别的男人好，被爸爸发现了。飞茹的爸爸是一个很内向的男子，他报复的手段就是隐忍。飞茹从小就感觉到家里的气氛不正常，可她不知道这是为什么，总以为是自己不乖，就拼命讨爸爸妈妈的欢心。学校组织舞蹈表演，选上了飞茹，她高兴地告诉爸爸妈妈，六一到学校看她跳舞，爸爸妈妈都答应了。过节那天，老师用胭脂给她的脸上涂了两个红蛋蛋，在她的嘴上抹了口红。当她兴高采烈地回家，打算一手一个地拉着爸爸妈妈看她演出的时候，见到的是两具穿着黑衣的尸体。爸爸在水里下了毒，骗妈妈喝下，看到她死了后，再把剩下的毒水都喝了。

　　飞茹当场就昏过去了，被人救起后，变得很少说话。从那以后，她只穿黑色的衣服，在脸上涂红，还涂着鲜艳欲滴的口红。飞茹靠着一袭黑衣保持着和父母的精神联系和认同，她以这样的方式，既思念着父母，又对抗着被遗弃的命运。她未完成的愿望就是那一场精心准备的舞蹈，谁来欣赏？她无法挣脱而出，找不到自己存在的价值和重新生活的方向。

对飞茹的治疗，是一个极为漫长的过程，我们共同走了很远的路。终于，飞茹换下了黑色的衣服，褪去了夸张的妆容，慢慢回归正常的状态。

最后分别的时候到了，穿着清爽的牛仔裤和洁白的衬衣的飞茹对我说："那时候，每一次舞蹈和拥抱之后，我的身心都会有一点放松。我很佩服'体会'这个词，身体里储藏着很多记忆，身体释放了，心灵也就慢慢松弛了。这一次，我和您就握手告别了。"

有一种笑，
令人心碎

做心理医生，看到过无数来访者。一天有人问道，在你的经历中，最让你为难的是怎样的来访者。说实话，我还真没想过这个问题，他这一问，倒让我久久地愣着，不知怎样回答。

后来细细地想，要说最让我心痛的来访者，不是痛失亲人的哀号，或是奇耻大辱的啸叫，而是脸挂无声无息的微笑的苦人。

有人说，微笑有什么不好？不是到处都在提倡微笑服务吗？不是说微笑是成功的名片吗？最不济也是笑比哭好啊。

比如，一个身穿黑衣的女孩对我说，您知道我的外号是什么吗？我叫开心果。我是所有人的开心果。只要我周围的人有了什么烦心事，他们就会找到我，我听他们说话，想方设法地逗着大家快乐，给他们安慰。可是，我不欢喜的时候，却找不到一个人理我了。周围一片灰暗，我只有一个人躲在被窝里哭……

我听着她的话，心中非常伤感，但她脸上的表情却让我百思不得其解。那是不折不扣的笑容，纯真善良，几乎可以说是无忧无虑的。

连我这双饱经风霜的老眼，也看不出有什么痛楚的痕迹。她的脸和她的心，好像是两幅不同的拼图，展示着截然相反的信息，让人惊讶和迷惑，不知该主哪一面。

我说，听了你的话，我很难过。可看你的脸，我察觉不出你的哀伤。她下意识地摸摸自己的脸说，咦，我的脸怎么啦？很普通啊。我平时都是这样的。

于是我在瞬间明了了她的困境。她脸上的笑容是她的敌人，把错误的信息传达给了别人。当她需要别人帮助的时候，她的脸她的笑容在说着相反的话——我很好，不必管我。

有一个男子，说他和自己的妻子青梅竹马，说他以妻子的名字起了证照，办起了自家的公司。几年打拼，积聚下了第一桶金。小鸟依人的妻子身体不好，丈夫说，你从此就在家里享福吧，我有能力养你了。你现在已经可以吃最好的伙食和最好的药，等我以后发展得更好了，你还可以戴着最好的首饰去看世界上最好的风景。再以后，你也会住上最好的房子……他为妻子描画出美好的远景之后，就雷厉风行地赚钱去了。当他有一天风尘仆仆地回到家中，妻子不在屋中。他遍寻不到，焦急当中，邻居小声说，你不是还有一套房子吗？他说，不，我没有另外的房子。邻居锲而不舍地说，你有。你还有一套房子。我们都知道，你怎么能假装不知道？男子想了想说，哦，是了，我还有一套房子。你能把我带到那套房子去吗？邻居说，一个人怎么能忙得把自己的房子在哪里都忘了呢？它不是在××路××号吗？邻居说完就急忙闪开了，不想听他道谢的话。男子走到了那个门牌，看到了自己最要好的朋友的车就停在门前。他按响了门铃，却没有人应答。

这是一栋独立的别墅，时间正是上午 10 点。男子找了一个合适的角度，可以用眼睛的余光罩住别墅所有的出口和窗户。然后他点燃一支烟。他狠狠地抽了半天，才发现根本就没有点燃。他就这样一支接一支地抽下去，直到太阳升到正午，还是没有见到任何动静。他面无表情地等待着，知道在这所别墅的某个角落里，有两双目光偷窥着自己。到了下午，他还如蜡像一般纹丝不动。傍晚时分，门终于打开了，他的朋友走了出来。他迎了上去，在他还没有开口的时候，那个男人说，算你有种，等到了现在。你既然什么都知道了，你要怎么办，我奉陪就是了。说着，那个男人钻进车子，飞一样地逃走了。丈夫继续等着，等着他的妻子走出门来。但是，直到半夜三更，那个女人就是不出来。后来，丈夫怕妻子出了什么意外，就走进别墅。他以为那个懦弱负疚的妻子会长跪在门廊里落泪不止，他预备着原谅她。但他看到的是盛装的妻子端坐在沙发里等他，说你怎么才来，我都等急了。我告诉你，你听不到你想听的话，但你能想出来所有的事情都发生了，你爱怎么办就怎么办吧，我们等着你……说完这些话，那个女人就袅袅婷婷地走出去了，把一股陌生的香气留给了他。他说，那天他把房间里能找到的烟都吸完了，地上堆积的烟灰会让人以为这里曾经发生过火灾。

我听过很多背叛和遗弃的故事，这一个就其复杂和惨烈的程度来说，并不是太复杂。之所以印象深刻，是这位丈夫在整个讲述过程中的表情——他一直在微笑。不是任何意义上的苦笑，而是真正的微笑。这种由衷的笑容让我几乎毛骨悚然了。

我说，你很震惊很气愤很悲伤很绝望，是不是？

他微笑着说，是。

我恼怒起来，不是对那对偷情的男女，而是对面前这被污辱和损害的丈夫。我说，那你为什么还要笑？！

他愣了愣，总算暂时收起了他那颠扑不破的笑容，委屈地说，我没有笑。

我更火了，明明是在笑，却说自己没有笑，难道是我老眼昏花或是神经错乱了吗？我急切地四处睃寻，他很善意地说，您在找什么？我来帮您找。

我说，你坐着别动，对对，就这样，一动也不要动。我要找一面镜子，让你看看自己是不是无时无刻不在笑！

他吃惊地托住自己的脸，好像牙疼地说，笑难道不好吗？

我没有找到镜子。我和那男子缓缓地谈了很多话，他告诉我，因为母亲是残疾病人，父亲在他出生后不久就把他们母子抛弃了。母亲带着他改嫁了一个傻子，那是一个大家族。他从小就寄人篱下。无论谁都可以欺负他。出了任何事，无论是谁摔碎的碗打烂的暖瓶，无论他是否在场，都说是他干的，他也不能还嘴。他苦着脸，大家就说他是个丧门星。说给了他饭吃，他起码要给个笑脸。为了少挨打，他开始学着笑。对着小河的水面笑，小河被他的泪水打出一串旋涡。对着破碎的坛子里积攒的雨水练习笑容，那笑容把雨水中的蚊子都惊跑了。他练出了无时无刻不在微笑的脸庞，渐渐地，这种笑容成了面具。

这个故事让我深深地发现了自己的浅薄。微笑，有时不是欢乐，而是痛苦到了极致的无奈。微笑，有时不是喜悦，而是生存下去的伪装。深刻检讨之下，我想到了一个词形容这种状况，叫作——佯笑。

佯攻是为了战略的需要，佯动是为了迷惑敌人，佯哭是为了获取同情，佯笑是为了什么呢？当我探求的时候，发现在我们周围浮动着那么多的佯笑。如果佯笑是出现在一位中年以上的人脸上，我还比较能理解，因为生活和历史给了他们太多的苍凉，但我惊奇地看到很多年轻人也被佯笑的面具所俘获，你看不到他真实的心境。

其实，这不是佯笑者的错，但需要佯笑者来改变。我想，每一个婴儿出生之后，都会放声啼哭和由衷地微笑，那时候，他们是纯真和简单的，不会伪装自己的情感。由于成长过程中种种的不如意，孩子们被迫学会了迎合和讨好。他们知道，当自己微笑的时候，比较能讨到大人的欢心，如果你表达了委屈和愤怒，也许会招致更多的责怪。特别是那些在不稳定不幸福的家庭中长大的孩子，他们幼小的脑海，还无法分辨哪些是自己的责任哪些不过是成人的迁怒。孩子总善良地以为是自己的错，是自己惹得大人不高兴了。由于弱小，孩子觉得自己有义务让大人高兴，于是开始练习佯笑。久而久之，佯笑几乎成了某些孩子的本能。所以，佯笑也不是百无一是，它可掩饰弱小者真实的情感，在某些时候为主人赢得片刻安宁。

可是佯笑带来的损伤和侵害，却是潜在和长久的。你把自己永远钉在了弱者的地位。不由自主地仰人鼻息。在该愤怒的时候，你无法拍案而起。在该坚持的时候，你无法固守原则。在合理退让的时候，你表现了谄媚。在该意气风发的时候，你难以潇洒自如……还可以举出很多。当很多年轻人以为自己的风度和气质是一个技术操作性的问题之时，其实背后是一个顽固的心结。那就是你能否流露自己的真实情感。

我们常常羡慕有些人那么轻松自在和收放自如，我们不知道怎样获得这样的自由。最简单的方法就是全面地接受自己的情绪，做一个率真的人，学会和自己的心灵对话。你不可要求自己的脸上总是阳光灿烂。你不能掩盖和粉饰心情，你必须承认矛盾和痛楚。只有这样，我们才能成为真正驾驭自己的主人。

回到那位被背叛的男子，当他终于收起了微笑，开始抽泣的时候，我觉得这是他的大进步，大成长。他的眼泪比他的笑容更显示出坚强。当他和自己的内心有了深刻的接触之后，新的力量和勇气也就油然而生了。

现代商战把微笑也变成了商品，我认为这是对人类情感的大不敬。微笑不是一种技巧，而是心灵自发的舞蹈。我喜欢微笑，但那必须是内心温泉喷涌出的绚烂水滴，而不是靠机器挤压出的呻吟。

请你不要佯笑。那样的笑容令人心碎。

一个人就是一支骑兵

轰毁你心中的魔床 | 12

魔鬼有张床。它守候在路边，把每一个过路的人，揪到它的魔床上。魔床的尺寸是现成的，路人的身体比魔床长，它就把那人的头或是脚锯下来。那人的个子矮小，魔鬼就把路人的脖子和肚子像拉面一样抻长……只有极少的人天生符合魔床的尺寸，不长不短地躺在魔床上，其余的人总要被魔鬼折磨，身心俱残。

一个女生向我诉说："我被甩了，心中苦痛万分。他是我的学长，曾每天都捧着我的脸说着'你是天下最可爱的女孩'的话，可说不爱就不爱了，做得那么绝，一去不回头。我是很理性的女孩，当他说我是天下最可爱的女孩的时候，我知道我姿色平平，担不起这份美誉，但我知道那是出自他的真心。那些话像火，我的耳朵还在风中发烫，人却大变了。我久久追在他后面，不是要赖着他，只是希望他拿出响当当硬邦邦的说法，给我一个交代，也给他自己一个交代。

"由于这个变故，我不再相信自己，也不相信他人。我怀疑我的智商，一定是自己的判断力出了问题。如此至亲至密，说翻脸就翻脸，让我还能信谁。"

女生叫萧凉。萧凉说到这里，眼泪把围巾的颜色一片片变深。失恋的故事，我已听过成百上千，每一次，不敢丝毫等闲视之。我知道有殷红的血从她心中坠落。

我对萧凉说："这问题对你，已不单单是失恋，而是最基本的信念被动摇了，所以你沮丧、孤独、自卑，还有莫名其妙的愤怒……"

萧凉说："对啊，他欠我太多的理由。"

人是追求理由的动物。其实，所有的理由都来自我们心底的魔床——那就是我们对一些问题的看法和观念。它潜移默化地时刻评价着我们的言行和世界万物。相符了，就皆大欢喜，以为正确合理。不相符，就郁郁寡欢，怨天尤人。

这种魔床，有一个最通俗最简单的名字，就叫作"应该"。有的人心里摆得少些，有三个五个"应该"。有的人心里摆得多些，几十个上百个也说不准，如果能透视到他的内心，也许拥挤得像个卖床垫的家具城。

魔床上都刻着怎样的字呢？

萧凉的魔床上就写着"人应该是可爱的"。我知道很多女生特别喜欢这个"应该"。热恋中的情人，更是三句话不离"可爱"。这张魔床导致的直接后果，就是我们以为自己的存在价值，决定于他人的评价。如果别人觉得我们是可爱的，我们就欢欣鼓舞，如果什么人不爱我们了，就天地变色日月无光。很多失恋的青年，在这个问题上百思不得其解，苦苦搜索"给个理由先"。如果没有理由，你不能不爱我。如果你说的理由不能说服我，那么就只有一个理由，就是我已不再可爱，一定是我有了什么过错……很多失恋的男女青年，不是被失恋本身，而是被他们自己心底的魔床锯得七零八落。残缺的自尊心在魔床之上火烧火燎，好像街头的羊肉串。

要说这张魔床的生产日期，实在是年代久远，也许生命有多少年，它就相伴了多少年。最初着手制造这张魔床的人，也许正是我们的父母。当我们还是婴儿的时候，那样弱小，只能全然依赖亲人的抚育。如果父母不喜欢我们，不照料我们，在我们小小的心里，无法思索这复杂的变化，最简单的方式，我们就以为是自己的过错。必是我们不够可爱，才惹来了嫌弃和疏远。特别是大人们的口头禅："你怎么这么不乖？如果你再这样，我就不喜欢你了……"凡此种种，都会在我们幼小的心底，留下深深的印记。那张可怕的魔床蓝图，就这样一笔笔地勾画出来了。

有人会说，啊，原来这"应该如何如何"的责任不在我，而在我的父母。其实，床是谁造的，这问题固然重要，但还不是最重要的。心理学家弗洛伊德说过，一个孩子，就是在最慈爱的父母那里长大，他的内心也会留有很多创伤（大意。原谅我一时没有找到原文，但意思绝对不错）。我们长大之后，要搜索自己的内心，看看它藏有多少张这样的魔床，然后亲手将它轰毁。

一位男青年说："我很用功，我的成绩很好。可是我不善辞令，人多的场合，一说话就脸红。我用了很大的力量克服，奋勇竞选学生会的部长，结果惨遭败北。前景黑暗，这可不是个好兆头，看来我一生都会是失败者。"于是，他变得落落寡合，自贬自怜，头发很长了也不梳理，邋遢着独来独往的，好似一个旧时的落魄文人。大家觉得他很怪，更少有人搭理他了。

他内心的魔床就是：我应该是全能的。我不单要学习好，而且样样都要好。我每次都应该成功，否则就一蹶不振。挫折被放在这张魔床上翻身反复比量，自己把自己裁剪得七零八落。一次的失败就成了永远的颓势，局部的不完美就泛滥成了整体的否定。

一个不美丽的大学女生每天顾影自怜。上课不敢坐在阶梯教室的前排，心想老师一定只愿看到养眼的女孩。有个男生向她表示好感，她想，我不美丽，他一定不是真心。如果我投入感情，肯定会被他欺骗，当作话柄流传。于是，她斩钉截铁地拒绝了他，以为这是决断和明智。找工作的时候，她的简历写得很好，每每被约见面试，但每一次都铩羽而归。她以为是自己的服饰不够新潮、化妆不够到位，省吃俭用买了高级白领套装，外带昂贵的化妆品，可惜还是屡遭淘汰……她耷拉着脸，嘴边已经出现了在饱经沧桑的失意女子脸上才可看到的像小括弧般的竖形皱纹。

如果允许我们走进她枯燥的内心，我想那里一定摆着一张逼仄的小床。床上写着"女孩应该倾国倾城。应该有白皙的皮肤，应该有挺秀的身躯，应该有玲珑的曲线，应该有精妙绝伦的五官……如果没有，她就注定得不到幸福，所有的努力都会白搭，就算碰巧有一个好的开头，也不会有好的结尾。如果有男生追求长相不漂亮的女孩，一定是个陷阱，背后必有狼子野心，切切不可上当……"

很容易推算，当一个人内心有了这样的暗示，她的面容是愁苦和畏惧的，她的举止是局促和紧张的，她的声音是怯懦和微弱的，她的眼神是低垂和飘忽的……她在情感和事业上成功的概率极低，到了手的幸福不敢接纳，尚未到手的机遇不敢追求，她的整个形象都散射着这样的信息——我不美丽，所以，我不配有好运气！

讲完了黯淡的故事，擦拭了委屈的泪水，我希望她能找到那张魔床，用通红的火把将它焚毁。

谁说不美丽的女子就没有幸福？谁说不美丽的女子就没有事业？谁说命运是个好色的登徒子？谁说天下的男子都是以貌取人的低能儿？

心中的魔床有大有小，有的甚至金光闪闪，颇有迷惑人的能量。我见过一家证券公司的老总，真是事业有成高大英俊，名牌大学洋文凭，还有志同道合的妻子，活泼聪颖的孩子……一句话，简直人该有的他都有，可他寝食无安，内心的忧郁焦虑非凡人所能想象，不知是什么灼烤着他的内心。

"我总觉得这一切不长久。人无远虑，必有近忧。水至清则无鱼，谦受益满招损。我今天赚钱，日后可能赔钱。妻子可能背叛，孩子可能车祸。我也许会突患暴病，世界可能会地震火灾飓风，即使风调雨顺，也必会有人祸如'9·11'，我无法安心，恐惧追赶着我的脚后跟，惶恐将我包围。"他眉头紧皱着说。

我说："你极度地不安全。你总在未雨绸缪，你总在防微杜渐。

你觉得周围潜伏着很多危险，它们如同空气看不着摸不到却无所不在无所不能。"

　　他说："是啊。你说得不错。"

　　我说："在你内心，可有一张魔床？"

　　他说："什么魔床？我内心只有深不可测的恐惧。"

　　我说："那张魔床上写着——人不应该有幸福，只应该有灾难。幸福是不真实的，只有灾难才是永恒的。人不应该只生活在今天，明天和将来才是最重要的。"

　　他连连说："正是这样。今天的一切都不足信，唯有对将来的忧患才是真实的。"

　　我说："每个人都有过去现在和将来。对我们来讲，无论过去发生过什么，都已逝去。无论你对将来有多少设想，都还没有发生。我们活在当下。"

　　由于幼年的遭遇，他是个缺乏安全感的人。惊惧射杀了他对幸福的感知和欣赏。只有销毁了那魔床，他才能晒到金色的夕阳，听到妻儿的欢歌笑语，才能从容镇定地面对风云，即使风雨真的袭来，也依然轻裘缓带，玉树临风。

　　说穿了，魔床并不可怕，当它不由分说就宰割着你的意志和行为之时，面对残缺，我们只有悲楚绝望。但当我们撕去了魔床上的铭文，打碎了那些陈腐的"应该"，魔力就在一瞬间倒塌。随着魔床轰塌，代之以我们清新明朗的心态。

　　魔由心生。时时检点自己的心灵宝库，可以储藏勇气，可以储藏智慧，可以储藏经验和教训，可以储藏期望和安慰，只是不要储藏"应该"。

分裂是个可怕的词。一个国家分裂了，那就是战争。一个家庭分裂了，那就是离异。一个民族分裂了，那就是苦难。整体和局部分裂了，那就是残缺。原野分裂了，那就是地震。天空分裂了，那就是黑洞。目光分裂了，那是斜眼。思想和嘴巴分裂了，那就是精神病，俗称"疯子"。

早年我读医科的时候，见过某些精神病人发作时的惨烈景象，觉得"精神分裂症"这个词欠缺味道，还不够淋漓尽致入木三分。随着年龄的增长和阅历的丰富，这才知道"分裂"的厉害。

分裂在医学上有它特殊的定义，这里姑且不论。用通俗点的话说，就是在我们的心灵和身体里，存在着两个司令部。一个命令往东，一个命令往西或是往南，也可能往北。如同十字路口有多组红绿灯在发号施令，诸如车横冲直撞，大危机就随之出现了。

分裂耗竭我们的心理能量，使我们衰弱和混乱。有个小伙子，人很聪明敏感，表面上也很随和，从来不同别人发火。他个矮人黑，大家就给他起外号，雅的叫"白矮星"，简称"小白"；俗的叫"碌碡"，简称"老六"。由于他矮，很多同学见到他，就会不由自主地胡噜一下他的头发，叫一声"六儿"或是"小白"，他不恼，一概应承着，附送谦和的微笑，因而人缘很好。终于，有个外校的美丽女生，在一次校际联欢时，问过他的名字后，好奇地说，你并不姓白，大家为什么称你"小白"？这一次，他面部抽搐，再也无法微笑了。女生又问他是不是在家排行第六？他什么也没说，猛转身离开了人声鼎沸的会场。第二天早上，在校园的一角发现了他的尸体。人们非常震惊，百思不得其解，有人以为是谋杀。在他留下的日记里，述说着被人嘲弄的苦闷，他写道：为什么别人的快乐要建立在我的痛苦之上？每当别人胡噜我头顶的时候，我都恨不得把他的爪子剁下来。可是，我不能，那是犯罪。要逃脱这耻辱的一幕，我只有到另一个世界去了……

大家后悔啊！曾经摸过他头顶的同学，把手指攥得出血，当初以为是亲昵的小动作，不想却在同学的心里刻下如此深重的创伤，直到绞杀了他的生命。悔恨之余，大家也非常诧异他从来没有公开表示过自己的愤怒。哪怕是只有一次，很多人也会尊重他的感受，收回自己的轻率和随意。

这个同学表面上的豁达，内心的悲苦，就是一个典型的分裂状态。如果你不喜欢这类玩笑和戏耍，完全可以正面表达你的感受。我相信，绝大多数的人会郑重对待，改变做法。当然，可能部分人会恶作剧地坚持，但你如果强烈反抗，相信他们也要有所收敛。那些忍辱负重的微笑，如同错误的路标，让同学百无禁忌，终致酿成惨剧。

如果你愤怒，你就呐喊；如果你哀伤，你就哭泣；如果你热爱，你就表达；如果你喜欢，你就追求。

如果你愤怒，却佯作欢颜，那不但是分裂，而且是对自己的污损；如果你热爱，却反倒逃避，那不但是分裂，而且是丧失勇气；如果你喜欢，却装出厌烦，那不但是分裂，而且是懦弱和愚蠢……

所有的分裂都是要付出代价的。轻的是那稍纵即逝的机遇，一去不复返。重的就像刚才说到的那位朋友，押上了宝贵的生命。最漫长而隐蔽的损害，也许是你一生郁郁寡欢沉闷萧索，每一天都在迷惘中度过，却始终不知道这是为什么。

一位女生，与我谈起她的初恋。其实恋爱是一个古老的话题，地球上曾经生活过的几百亿人都曾遭逢。但每一个年轻人，都以为自己的挫败独一无二。女生说她来自小地方，为了表示自己的先锋和前卫，在男友的一再强求下，和他同居了。后来，男友有了新欢抛弃了她。极端的忧虑和愤恨之下，女生预备从化工商店买一瓶硫酸。

你要干什么？我说。

他取走了我最珍贵的东西，我要把他的脸变成蜂窝。该女生网满红丝的眼光，有一种母豹的绝望。

我说，最珍贵的东西，怎么就弄丢了？

女生语塞，说，我本不愿给的，怕他说我古板不开放，就……

我说，既然你要做一个先锋女性，据我所知，这样的女性对无爱的男友，通常并不选择毁容。

女生说，可我忍不了。

我说，这就是你矛盾的地方了。你既然无比珍爱某样东西，就要千万守好，深挖洞，广积粮，藏之深山。不要被花言巧语迷惑，假手他人保管。你骨子里是个传统的女孩，你需尊重自己的选择。如果真要找悲剧的源头，我觉得你和男友在价值观上有所不同。你在同居的时候崇尚"解放"，蔑视传统的规则。你在被遗弃的时候，又祭起了古老的道德。我在这里不做价值评判，只想指出你的分裂状态。你要毁他容颜，为一个不爱你的人，去违犯法律伤及生命，这又进入一个可怕的分裂状态了。人们认为恋爱只和激情有关，其实它和我们每个人的历史相连。爱情并不神秘，每个人背负着自己的世界观走向另一个人。

世上也许没有绝对的对和错，但有协调和混乱之分，有统一和分裂的区别。放眼看去，在我们周围，有多少不和谐不统一的情形，在蚕食着我们的环境和心灵。

我们的身体，埋藏着无数灵敏的窃听器，在日夜倾听着心灵的对话。如果你生性真诚，却要言不由衷地说假话，天长日久，情绪就会蒙上铁锈般的灰尘。如果你不喜欢一项工作，却为金钱和物质埋首其中，你的腰会酸，你的胃会痛，你会了无生活的乐趣，变成一架长着眼睛的机器。如果你热爱大自然，却被幽闭在汽油和水泥构筑的城堡中，你会渐渐惆怅枯萎，被榨干了活泼的汁液，压缩成个标本。如果你没有相濡以沫的情感，与伴侣漠然相对，还要在人前作举案齐眉、作恩爱夫妻状，那你会失眠，会神经衰弱，会得癌症……

这就是分裂的罪行。当你用分裂掩盖了真相，呈现出泡沫的虚假繁荣之时，你的心在暗中哭泣。被挤压的愁绪像燃烧的灰烬，无声地蔓延火蛇。将来的某一个瞬间，嘭地燃放烈焰，野火四处舔食，烧穿千疮百孔的内心。

分裂是种双重标准。有人以为我们的心很大，可以容得下千山万水。不错，当我们目标坚定人格统一的时候，的确是这样。但当我们为自己设下了相左的方向，那相互抵消的劲道就会撕扯我们的心，让它皱缩成团，局促逼仄，窒息难耐。

人是很奇怪的动物。如果你处在分裂的状态，你又要掩饰它，你就不由自主地虚伪。我听一位年轻的白领小姐说，她的主管无论在学识和人品上，都无法让她敬佩，可人在矮檐下，不得不低头。她怕主管发现了自己的腹诽，就格外地巴结讨好甚至谄媚，结果虽然如愿以偿加了薪，可她不快乐不开心。

我说，你可以只对她表示职务上工作上的服从和尊重，而不臧否她的人品。

白领小姐说，我怕她不喜欢我。

我说，那你喜欢她吗？

白领小姐很快回答，我永远不会喜欢她。

我说，其实，我们由于种种的原因，不喜欢某些人，是完全正常的事情。不喜欢并不等于不能合作。如果你和你不喜欢的上司，只保持单纯而正常的工作关系，这就是统一。但要强求如沐春风亲密无间，这就是分裂，它必然带来情绪的困扰和行动的无所适从，其结果,估计你的主管也不是个愚蠢女人,她会察觉出你的口是心非。

白领小姐苦笑说,她已经这样背后评价我了。

分裂的实质常常是不能自我接纳。我们压抑自己的真实感受,以为它是不正当不光彩的,我们用一种外在的标准修正自己的心境和行为。这其实是一种自我欺骗,委屈了自己也不能坦然对人。

有人说,找工作时,我想到这个单位,又想到那个机构,拿不定主意。要是能把两个单位的优点都集中到一起,就比较容易选择了。

有人说,找对象时,我想选定这个人,又想到那个人也不错,要是能把两个人的长处都放在一个人身上,那就很容易下定决心了。

当我们举棋不定的时候,通常就是一种分裂状态。你想把现实的一部分像积木一样拆下来,和另一部分现实组装起来,成为一个虚拟的世界。

这是对真实一厢情愿地阉割。生活就是泥沙俱下,就是鲜花和荆棘并存。尊重生活本来面目,接受一个完整统一的真实世界,由此决定自己矢志不渝的目标,也许是应对分裂的法宝之一。

一个人就是一支骑兵

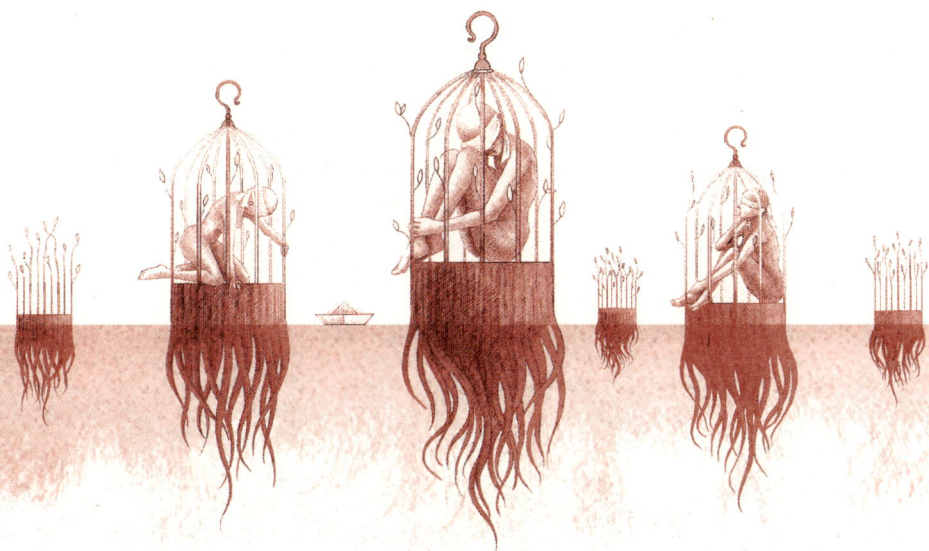

苔藓
绿西服

14

我是一个售货员，卖衣服的。在一家大商场。

新到一批男式西服。据说为了适应顾客的求异心理，每件的颜色样式都是独特的，做工精细，价钱也与之匹配。于是看的人多，买的人少。我却并不轻松，要回答各式各样的问题。明知道他不想买或想买也买不起，也得从架子上把衣服妥妥帖帖地递过去，由着他在四周都是镜子的廊柱旁，立正稍息、左右转体，刹那间绅士起来。直看得酣畅淋漓了，再假装突然发现或大了或小了或有个实际上并不存在的小毛病，冒充风雅地说一句："麻烦您了，请收起来。"我就得"买与不买一个样"，不动声色地把带着体湿的西服，挂回原来的地方。

这工作使人乏味。我爱卖处理品，那时候你高贵得像只熊猫。人们围着你气喘吁吁，各种年龄各种方言的语气惊人统一，央告你赶快卖给他们一件。高档西服则不同，来浏览的人都自觉有身份，你理应像仆人似的侍候他们。

正是下班时间，街面上像暴雨来临似的沸腾，我的柜台前却很冷清。人们买昂贵商品都愿意起大早，好像西服也要带着露水才新鲜。

售货员太寂寞的时候，也希望有人来打扰他，一如退了休的老工人渴望抱孙子。

一个男人和一个女人，手轻微挽着，走过来。男人略有秃顶，穿着很整洁的中山服，左上小兜的兜盖却别在了兜里，剩一粒晶蓝的扣子突兀地鼓起，像一只孤悬的眼睛。对这种男人的年龄，我一般要从外观印象里刨下几岁，好像耙得过松的土地，要抠掉暄土，才能看到真正的根系。女人青发飘飘，身段姣好，脸上化着极素雅的淡妆。她并不能算是很漂亮，但有一种高贵的气质像光环一样笼罩着她。人们看到她的现在，就推断她年轻时一定更为出众。其实中年才是她容貌最端庄的时候。一种熟透了的职业妇女的气息，从她色泽剪裁都非常合适的衣着里充盈而出。我把她的实际年龄向上放大了几岁。两个折扣打下来，我断定他俩是夫妻，年龄相仿。

这不是什么了不起的本事，也不是作家或算命瞎子的专利。跟人打交道，推断他们的关系，无非是熟能生巧，就像我一下子就能说出他俩穿多大尺寸的衣服一样。

"这里也不一定有。"男人疲倦地说，"我要赶回去开一个会了。"

"这里没有，我们就再去一家商场。就一家，好吗？"女人很有耐性地恳求。

男人不为所动，刚要反驳，女人"哇——"地叫了起来："总算找到了！就在这里！快，快把那件西服拿过来！"

这女人是南方人。只有很南的两广人，才会用这种突如其来的"哇——"来表示极大的惊异和感叹。

"要哪件？"我冷静地追问。

"要那件苔藓绿西服。"女人用手一指，果断得如同一截教鞭。

我统辖的大军五花八门，因此也就适应了顾客们杜撰出的稀奇古怪的指示代词。比如，这一排浓淡各异的绿西服，人们一般称为深绿和浅绿。独特些的称呼如橄榄绿、苹果绿。一次有位顾客叫我给他拿那件豆虫绿的，我脖子后面一阵刺痒，几乎要对他说不必买西服，到那边柜台买一件大襟棉袄吧。如此精确形象地把这种难以言传的黄绿相糅的颜色称为苔藓绿的，她是头一位。

我把苔藓绿西服递到他俩中间。女人伸手接了，抖开。男人张开两只手，大鸟似的，等女人来给他穿。

这个颜色的西服极少有人买，它暗淡无光，毫无特色。但我承认这女人还是很有审美眼光的，这件不出色的衣服穿在这个不出色的男人身上，使他立刻出色起来。这种效果并不常见。

"这就是你要找的那种颜色？这有什么好的！"男人平静的面孔难得地露出惊异。

女人正围着男人转着圈地看，好像他是一株刚开花的植物。听了这话，就直起身："你说过，只要是我喜欢的，你就喜欢。"

"多少年前的老话了，你怎么还记得！"男人有些不耐烦。

"可你的衣服穿在身上，主要是我看。"女人坚持。

"在家当然是你看喽。可我在外头，上面要看，下面要看，方方面面都要看。这颜色不好。"男人很坚决，没有丝毫商量的余地。

"那你喜欢什么颜色？"女人退步了。

"藏蓝。"男人简洁得像吐出一个口令。

我的眼睛已经瞄好了适合男人身材的藏蓝色西服。这样一旦拿起来，可以迅速成交。

"那你就穿上这件苔藓绿西服，看着它……"女人热切地说。

不仅那男人觉得女人啰唆，我也觉得她毫无道理。

"我要开会去了。"男人甩下女人，径自走了。

女人执拗地沉默了一会儿，也走了。

第二天，该我调班。也就是说，不上昨天那个班次了。我们的班次很复杂，有多种组合方式。所以你若是在某个售货员手里买的货想要退调，在以后的同一时间去找他，是一定找不到的。有个同事病了，我代上他的班——就是昨天我上的那个班次。

一切都同昨天一样，窗外的沸腾与窗内的冷清。

一个男人和一个女人走过来。

"这里卖的西服质量很好。"女人说。

"我已经有好几套西服了，不缺的。"男人说。

"但我要给你买。我送你，你不要吗？"女人说。

"你愿意做什么就做什么。"男人温存地耳语。

他们旁若无人，好像我不是一个操着同他们一样语言的人。其实他们是对的，他们买西服我卖西服，在下一件西服购买之前，他们再不可能遇到我。纵使到了购买的时间，他们也不一定非要到我们店，而我也未必还在卖西服。

他们的目光像雷达似的在货架上睃巡，我知道尚未到决定的最后时刻，还可以偷片刻清闲。

那女人说了一句话，使我对她刮目相看。

她说："嗯——还好。还在。请把那件苔藓绿西服拿给我。"

苔藓绿！我克制住自己的惊讶，在把西服递给她的同时，仔细地打量她。

是的。正是昨天晚上那个时刻的那个女人。她化了很厚的妆，这使她远看显得年轻，近看显得苍老。

我又仔细去观察那男人。从开始的对话里，虽然我已知道这男人不是那男人，但观察的结果还是使我大吃一惊。这男人无论年龄、装束，甚至面貌，都同昨天那个男人相似。只是他没有秃顶，生着恰到好处的头发。我甚至怀疑是不是昨天那个男人配了个假发套。

我把西服递给女人，女人把西服递给男人。

"好吗？"男人穿上问，并不看镜子，只看女人。

"好极了。"女人的脸透过白粉，显出红润。

"你既然这么喜欢这颜色，那么我去买一件女式的送你。"男人温柔地说。

"我们一人一件，当然更好了。只可惜……"女人快活地说。

"你穿，我就不穿了吧。你一定要送我，就送我一件铁锈红的。"

"这么说，你不喜欢苔藓绿？"女人白粉下的表情僵住了。

"喜欢。不过，我更喜欢铁锈红。我们应该说真话，对吧？"

"是的……说真话……"女人喃喃地重复着，吃力地将苔藓绿西服推还与我。

"走吧。"女人小声但很清晰地说。

"我们下次什么时候再见？"男人殷切地问。

"我们还是不见比较好。这是真话。"女人说罢，先走了。

我和男人一同注视着女人的背影消失，许久之后，男人也走了。

他们走后，我把刚挂好的苔藓绿西服摘下来，像海关验照似的审视一番。这绿色确实古怪，唯有以"苔藓"称之才惟妙惟肖。看着看着，苔藓绿突然消失了，代之以我平日最喜欢的桃粉色。这当然是活见鬼，我知道这是对某种颜色注视过久产生的错觉。就像人们站在阳光下看红纸上的黑字，要不了多久，就会显出如蚱蜢般的翠绿色。

我挪开目光，过了一会儿又忍不住去瞧，桃红色的西装颜色暗淡了些，却依旧夺目。我强制自己许久不去看它。后来才一切正常，苔藓绿又安安静静地挂在那里了。

以后我每日上班，都有意无意地扫它一眼。只一眼，并不多看，我怕再出现那种蹊跷的错误。它像一个年老的房客，不管周围的伙伴如何变换，总是一如既往地住在那儿，任凭灰尘将它落成瓦檐色。我不知那文静的女人还领着其他的男人来过没有，但苔藓绿西服一直无人问津。

"你们这儿的苔藓绿西服，没有了吗？"

终于有一天，我听到一声含义复杂的呼唤。我立即断定是她。

面前的女人显得十分苍老，满头灰发像一段混纺的派力斯衣料。她领着一个小伙子，匆匆地赶到柜台。

"有，有。"我忙不迭地回答，在转身的瞬间，巧妙地拂去灰尘，使苔藓恢复了雨后般的滋润。

"啊！我们终于没白跑！"女人欣慰地感叹，男孩倒显得无动于衷。

"穿上，穿上。"女人前后左右翻看着西服，像魔术师在展示着道具，然后很珍重地给孩子披上。

"喜欢吗？"女人紧张地问。

"很喜欢。"男孩子边思索边回答。

我听见那女人长长地舒了一口气，连我也感到快慰。她终于等到了知音。她这次换了个年轻的男孩，这很正确。对某种颜色的喜爱是深藏在眼球里的秘密，别人是没有力量改变的。

"我们要了。"女人掏出华丽的钱包，打算付钱。

"妈妈，我自己来。"小伙子坚持自己付钱，年轻而雪白的牙齿亮闪闪。

我把衣服包好。

"这种橘黄色的西服，很少见。"小伙子说。

"孩子，你管这颜色叫什么？"女人像被沸水烫了，猛然把预备拿包装袋的手缩了回去。

"橘黄呀。不是吗？"小伙子惊讶极了。

"它怎么能叫橘黄，它是苔藓绿呀！你没听见我叫它苔藓绿吗？"女人骇怪地说。

"苔藓绿就苔藓绿好了。多么拗口的一个名字，它还不是它吗，叫什么不一样。"小伙子比他的妈妈更显得莫名其妙。

"不。苔藓绿不是橘黄，不是。孩子，你是不是看它的时间太长了？"女人还存着最后的希望。

"妈妈，辨认颜色是最简单的事。一秒就足够了。"男孩毋庸置疑地说。

"我们两个人之中，有一个错了。"女人带着无可挽回的悲哀与坚定说。

退款拆包，苔藓绿又回到它原来的位置。

以后，每逢我再看到苔藓绿西服，便感到它附着着一团神秘。虽然它其实连一分钟也不曾离开过我的柜台，我每天都将它的灰尘掸得干干净净，希望它能早早卖出去。

终于有一天，我走进柜台时，感觉到了某种异样。果然，在那道西服的长虹里，少了苔藓绿。

"苔藓绿哪里去了？"我急着问交班人。

"什么苔藓绿？还葱心绿、韭菜绿呢！"交班的嘻嘻哈哈地开着玩笑。我想起来，苔藓绿是一个专用名词。

"就是那件原来挂在这里的，"我指指苔藓绿遗留下的空隙，"说黄不黄说绿不绿……"

"你说的是它呀！它可是这批西服中的元老了，怎么？你想要？"

"不！不……"我不知如何说得清这份关切，"不是我要，我只是想知道它到哪里去了。"

"货架上的一件衣服，没有了，必然是被人买走了。"交班的极有把握地说。

"是不是一个女人带着一个男人？"我追问。

"一天卖那么多衣服，谁能记得过来！"他说。

他说得对。我问得过分了。不管怎么说，我祝愿那个文静的女人幸福，虽说她有点古怪。

可惜，我错了。

一个晴朗如牛奶般的早晨。商场巨大的茶色玻璃将明媚的光线过滤成傍晚的气氛。一位老女人，成为我的第一名顾客。

"请给我拿那件苔藓绿西服。"

她又来了。她的白发更多更密，已经显出冬天般的荒凉。"对不起，我们这里没有这种颜色的西服。"

我彬彬有礼地回答她，就算我们不相识，售货员通常对清早的第一位顾客态度也都很友好。

"请您仔细找一找。我的眼睛已经看不清了，无法准确地指出是哪一件。但它肯定在，人们都不喜欢它，我的用词也许不大准确，它不叫苔藓绿，也能叫橘黄或其他的名称。麻烦您了，请费心。"她怔怔地看着我，其实是透过我在看货架上的衣服。

"这种苔藓绿西服只有一件，它被人买走了。"

"真的？"她的眼睛突然冒出惊喜的火花。

"真的。"我斩钉截铁地告诉她。

"是一个男人？"她仿佛不相信地问。

"是一个男人。您知道，我们这里是专为男人们卖西服的。"

"不。我今天来，如果苔藓绿西服还在的话，我也要把它买回去。"老女人郑重地告诉我。

"谁穿？"我冒昧地问。

"我穿。"她毫不含糊地回答。

这女人着实把我搞糊涂了。我知道，随着苔藓绿西服的消失，她也不会再出现了。

"能告诉我，您为什么这么喜欢这种颜色吗？"我问。预备着被拒绝，没想到，她很愿意同我交谈："因为我是这种染料的设计师。所有的人都说不好看，我就只用它染了一块衣料。我的丈夫，我的朋友，我的儿子……我的父亲已经过世，不然我也会让他来看这块料子做成的西服，可惜他们都不喜欢。我常常来这里，在远处观看，没有一个人挑选过这件西服……"她垂下那颗白发斑斑的头。

"其实，这是一种很奇特的染料。你可以不喜欢它那暗淡的绿色，但是只要注视着它，几分钟以后，它就会变成你所喜爱的颜色。它耗费了我巨大的心血……"

我觉得脊背一阵发凉。原来那美丽的桃粉色，不是眼花缭乱，而是一项惊人的成果！

"可惜，他们都不肯注视它，连几分钟的宽容也没有……"她苦笑着，片刻后又转成真正的微笑，"现在好了，终于有人喜欢它了。"

我想告诉她，我曾经看到过苔藓绿西服变换颜色，但我终于什么也没说。我毕竟不是出于喜爱，而只是由于偶然。我现在很羡慕那位买去了苔藓绿西服的男人，他是一个幸运者。

女人走了。我明白永远也不会看见她了，便注视着她很慢很慢地像沉没一般地从楼梯口消失了。

许久以后，一次清仓查库，我在报废物资堆里，看到了那件苔藓绿西服。

"怎么在这里？"我觉得头痛欲裂，伴随着恐惧。

"它为什么不能在这里？老鼠在上面咬了一个洞，我就把它从货架上取下来了。"经理回答我。

我久久地注视着苔藓绿西服。

它并没有变色。不知是染料失效，还是我心目中最喜欢的颜色已经就是苔藓绿了。

也许，苔藓绿根本就不会变颜色。

　　家庭暴力的"暴"字，不知古文字学怎样讲，我从字形上，总是联想到男人对女人的凶恶。上书一个"日"字，为阳中至盛；下面一个"水"字，属阴中至柔。男人若凌驾于女人之上，没有平等，没有仁爱，暴力就随之滋长，疯狂蔓延。

　　我认识一位贤惠的女人，只因一点小事，就被丈夫打得鼻青脸肿。那汉子一米八的个头儿，会使漂亮的左勾拳，呼呼生风，蒜钵大的拳头打在女人的侧腰部，伤了肾，血尿持续了很久。

　　她让我帮忙拿个主意，我说："离婚离婚！"她说："孩子呢？"我说："看着父亲施暴，母亲受欺侮，孩子的心灵就正常吗？"关于孩子问题，我们反复商量，总算达成共识，完整并不是在一切情况下永远最好，真理比父亲更重要。

　　为了搞清楚离婚这件事，女人自学了法律专业的课程。由于是带着问题学，毕业的时候，不但成绩优异，在婚姻法方面，简直就是专家了。我再也没资格提什么建议或意见，女人已洞若观火。

艰难的问题是房子，远比孩子复杂得多。单位不会给女人栖身之所，只能从现有的单元中分割一屋。一想到要是离了婚，仍和那样的男人共居一道走廊，共进一间厨房，共使一个厕所，共用一把大门的钥匙……女人就不寒而栗。

日子就这么一日日地熬着，一月月地拖着。我问："他还打你吗？"女人长叹一口气："你知道杀人的人，一看见别人露出的脖子，手就发痒。打人也像杀人一样，有个戒。开了戒，就上了瘾，他经常用左拳在空气中挥出一道道风……"

我看着她，说不出话。许久，我说："我能帮你的，就是家门永远向你敞开。无论半夜还是黎明，你随时都可以进来。"

她说："我最怕的不是跑出家门之后，而是在家门里面。打的时候，我恐惧极了。蜷成一团挨打，除了刚开始，感觉不到疼。只是想，我就要被打死，大脑很快就麻木了。只记得抱头，我不能被打傻，那样，谁给我的孩子做饭呢？"

我说："你这时赶快说点顺从的话给他听，好汉不吃眼前亏。抽冷子抓紧时间往外跑，大声地喊'救命啊'！"

她说："你没有挨过打，你不知道，那种形势下，无论女人说什么，男人都会越打越起劲，打人打疯了，根本不把女人当人。"

凶残的家庭暴力！

我认为家庭暴力最卑劣、最残酷的特征是——在家庭内部，赤裸裸地完全凭借体力上的优势，人性泯灭，野性膨胀。肆意倚强欺弱，野蛮血腥，践踏他人的权利。或者说，暴力的施行者，根本就没有进化到文明人类，是两脚之兽。

由于妇女和儿童在体力上的弱势，他们常常是家庭暴力最广泛、最惨重的受害者。

朋友还在度日如年地过着，我不知道怎样帮她。一天，突然在报上看到一条招生广告，新开武术班，教授自由散打、擒拿格斗，还有拳理、拳经、十八般武艺……

我马上拿起了电话，既然没有房子离婚，既然没有庇护所栖身，既然生命被人威胁，既然权利横遭践踏，女人就应该学会自卫，让我们去学女儿拳！当暴力降临的时候，为我们赢得宝贵的时间，以求正义和法律的保护。

当心理医生的朋友给我讲过一个故事——布雷迪的猴子。

布雷迪不是一座山，也不是一片茂密的原始森林，而是一位科学家的名字。

那是一个晴朗的日子，两只猴子各自坐在它们的椅子上，像平常一样开始了生活。但宁静仅仅维持了片刻，20 秒钟后，它们猛地同时遭到一次电击。这当然是不愉快的感受了，猴子们惊叫起来。

被仪器操纵的电源，毫不理睬猴子们的愤怒，均匀恒定地释放电流，每 20 秒钟准时击发一次。猴子们被紧紧地缚在约束椅上，藏没处藏，躲没处躲，只得逆来顺受。

但猴子不愧为灵长目动物，开始转动脑筋。很快，它们发现各自的椅子上都有一根压杆。

甲猴在电击即将来临的时候掀动压杆，电击就被神奇地取消了，它俩也就一同逃脱了一次痛苦的体验。

乙猴也照样掀动压杆。很可惜，它手边的这件货色是摆样子的，压与不压，对电击没有任何影响。也就是说，乙猴在频频到来的打击面前束手无策。

实验继续着。甲猴明白自己可以操纵命运，它紧张地估算着时间，在打击即将到来的前夕不失时机地掀动压杆，以避免灾难。当然，它有时成功，有时失败。成功的时候，它俩就有了短暂的休息；失败的时候，它们就一道忍受电流的折磨。

时间艰涩地流淌着，实验结果出来了。在同等频率、同等强度电流的打击下，那只不停掀动压杆、疲于奔命的甲猴，由于沉重的心理负担，得了胃溃疡。那只听天由命、无能为力的乙猴，安然无恙……

假若是你，愿做布雷迪实验里的哪一只猴子？朋友问。

我说，我是人，我不是猴子。

朋友说，这只是一个比方。其实，旋转的现代社会和这个实验有很多相同之处，频繁的刺激接踵而来，人们生活在目不暇接的紧张打击之中。大家拼命地在预防伤害，采取种种未雨绸缪的手段。殊不知，某些伤害正是在预防中发生，人为的干预常常弄巧成拙，适得其反……所以，人们有时需要无奈，需要阿Q，需要随波逐流，需要无动于衷、听其自然……

我说，我对这个心理学经典的实验没有发言权。如果布雷迪先生只是借此证明强大的心理压力可以致病，无疑是正确的。

停了一会儿，我对她说，你刚才问，假如是我，会在猴子中做怎样的选择。经过考虑，我可以回答你——我愿意做那只得了胃溃疡而仍在不断掀动压杆的猴子。

朋友惊讶地笑了，说为什么。她问过许多人，他们都愿做那只无助然而健康的猴子。

我说，那只无助的猴子健康吗？每隔 20 秒钟准时到来的电击，是无法逃脱的、不以个人意志为转移的恶性刺激，日复一日，终有一天会瓦解意志和身体，让它精神失常或者干脆得上癌症。

它暂时还没有生病，那是因为它的同伴不断地掀动压杆，为它挡去了许多次打击。在别人的护翼下生活，把自己的幸运建筑在他人的辛苦与危险中，我无法安心与习惯。

再说说那只无法逃避责任的甲猴，既然发现了可以取消一次电击的办法，它继续摸索下去，也许能寻找出更有效的法子，求得更长久的平安。压下去，拖延时间，也许那放电的机器会烧坏，通电的线路会折断，椅子会倒塌，地震会爆发……形形色色的意外都可能发生，只要坚持下去就有希望。

一百种可能性在远方闪光，避免一次电击，就积累了一次经验。也许实践会使它渐渐熟练起来，心情不再紧张、悲苦，把掀动压杆只当成简单的游戏……不管怎么说，行动比单纯的等待更有力量。一味地顺从与观望，办法绝不会从天上掉下来。

当然，最大的可能是无望，呕血的猴子无奈地掀动压杆到最后一刻……即使是这样，那我也绝不后悔。

因为——

假如我和那只猴子是朋友，我愿意把背负的重担留给自己。

假如我和那只猴子是路人，我遵照我喜爱探索的天性行事。

假如我和那只猴子是敌手，我会傲然地处置自己的生命，不在对方的荫庇下苟活。

所以，天造地设，我只能做那只得了胃溃疡的猴子。

美国心理学家马斯洛有一段名言："如果你有意地避重就轻，去做比你尽力所能做到的更小的事情，那么我警告你，在你今后的日子里，你将是很不幸的。因为你总是要逃避那些和你的能力相联系的各种机会和可能性。"每逢读到，我总是心怀战栗地感动。

一个人就像是一粒种子，天生就有发芽的欲望。只要是一颗健康的种子，哪怕是在地下埋藏千年，哪怕是到太空遨游过一圈，哪怕被冰雪封盖，哪怕经过了鸟禽消化液的浸泡，哪怕被风刀霜剑连续斩杀……只要那宝贵的胚芽还在，一到时机成熟，它就会在阳光下探出头来，绽开勃勃的生机。

现代心理学有很多精彩的论证，这些论证不能像实证的物理、化学，拿出若干铁一般的证据，心理学的很多假说建立在对人的行为的推断和研究之上，被千千万万的人所证实。

马斯洛先生所创建的人的基本需要的"金字塔"理论，就是这样一个伟大的学说。他研究了很多人的行为和动机，特别是那些自我实现程度很高的人，之后得出了一个结论。简言之，就是在我们人类的精神内核中存在着一个内在需要的金字塔，分成了五个台阶。

在第一个台阶上，是我们的温饱需要——最基本的生存之道。饥肠辘辘，你今晚吃什么饭？是人的第一考虑。寒冬腊月，你今夜睡在哪里？是火车站的长凳还是马路上的水泥管？这都是头等大事。

当这个需要满足之后，紧接着就是安全的需要了。你有了吃、有了住，你今天的生命有了保障，可是如果你被其他的人或动物或自然界的恶劣条件所侵犯，你远期的生命就陷在水深火热之中了。因此，一旦温饱不成问题，人马上就考虑安全系数。这一点，如果你不相信，尽可以放眼看去，马上能看到富人区森严的安保设施和世上风行的形形色色的自卫器械。当你从一个熟识的环境换到一个新环境，那种不安和紧张，与陌生人交谈时的畏葸和不自在，如此等等，都从另一个方面证实了安全对人的重要性。

现在我们已经到了金字塔的第三台阶。在这个台阶上大大地写着"爱"。这不仅是男女之爱、亲子之爱、手足之爱……这些源于血缘和繁衍的爱意，还有同伴之爱、集体之爱、祖国之爱、民族之爱、文化之爱……总之，这里所提到的"爱"，有着宽泛的含义，但它是那样不可或缺，是人类精神活动的高级需要。我们常常说，一个不懂得爱的人是灰暗和孤独的。也就是说，人的精神需要如果不能完成这种超越和提升，就是饱含瑕疵的半成品。

爱之高处，就是尊严感了。人是一种特殊的动物，人是有尊严感的。一只虫子可以没有尊严，一株树木可以没有尊严，但是一个人不是这样。如果丧失了尊严感，那就不是一个完整的人了。中国的古话里有"不吃嗟来之食"，有"士可杀不可辱"，有"君子一言，驷马难追"，等等，讲的都是尊严的问题。

在金字塔的最高点，屹立着自我价值的体现和追求。什么是自我价值的最高体现——那就是充满了创造性的劳动。我认为劳动是有高下之分的，不是指在价值层面上，而是指在带给人的由衷喜悦程度上。你可以想象并同意，一个科学家在得不到任何报酬的情形下，不倦地研究某一个与现实相隔十万八千里的学术问题，比如"哥德巴赫猜想"，为自己换不到一块窝窝头，但毫无疑问陈景润乐在其中；你基本上不能同意一位老农在得知三年没有人收购麦子的情况下，除了自己够吃还会不辞劳苦地广撒麦种。在前者，创造性的劳动里面蕴含着极大的挑战和快乐；在后者，则充斥着重复性劳动的艰辛和疲惫。

人类精神需要的金字塔，在某种意义上讲，是一种铁律，几乎是不可逃避的。当然，我们不能想象一个人在自己的温饱都得不到保障的时候，能够像斯蒂芬·霍金那样去研究宇宙大爆炸这样的问题。这也就是鲁迅先生所说的：年轻人，一是要生存，二是要发展。有一个顺序，有孰先孰后的问题。在解决了温饱和安全这些最基本的生存需要之后，你必定要不满足，你必定要有新的追求。人类精神发育的法则，你是绕不过去的。你吃得饱了，你睡得暖了，你有大房子了，你安居乐业了，你很有安全保障了……可是，我敢说，在心底最深邃的地方，你有火焰一样的躁动，你如果无法满足它，你就没有恒久的快乐。

让我们回到本文开端所引用的马斯洛的那段话。你以为你逃避了风险，你以为你躲避了责任，你以为你成功地掩饰了自己的才华，你以为你心甘情愿地收敛包裹自己，你就可以在人们的艳羡之中安安稳稳地过一生了吗？我相信，你可以用奢华的装备和风流倜傥的举止成功地欺骗几乎所有的人，包括和你至亲至爱之人，但是，每每月朗星稀之时，你永远欺骗不了的一个人，就会在你独处的时候顽强地站在你的面前，拷问你，鞭挞你，谴责你，纠正你……这个人不是别人，正是你自己！由于每一个人都是那样与众不同，由于你所具有的内在生命力一直在熊熊燃烧，所以，当你完成了自己人生的台阶之后，你就要向上攀登。你只有在这种不倦的探索中才能丰富自己的人生，才能得到生命的欢愉，才能感觉到自己内在的充实和价值。

人是追求创造性快乐的动物，如同飞越大洋的候鸟脑内的罗盘，掌控着我们的一系列选择和决定。你一生将成为怎样的人？在你的价值体系里是怎样的顺序？这些看起来很浩大很空茫的标准，实际上很细致地决定着我们工作、学习、生活的各个层面。

记得我在北大演讲的时候，有同学递上来一张字条，上面写着："我智商很高，从小到大一直是班干部，考上北大更证明了我的实力。只要我愿意，继续读硕士和博士都不成问题。你说，我选择金钱作为我一生奋斗的目标，你看怎样？"我把这张字条念了。我说，我很感谢这位同学对我的信任，人生的价值是多元的，以金钱为自己终生的奋斗目标，也大有人在。但我认为，金钱只是手段，在它之后，还有更为深远的目标在引导着你。如果你唯钱是图，那么，你的周围将没有真正的朋友。因为古往今来，已经无数次地证明了，在金钱的旗帜下会聚拢来很多无耻小人。同时，你很可能得不到真正的爱情。因为爱情可以被金钱出卖，却不可被金钱所购买。那个爱上你的人，有可能不是爱你本人，而是爱上了你的信用卡。如果你把金钱当成了证明你的自我价值的工具，我要说，除了单一和狭隘，还有一种盲从，你用世俗的标准代替了内在的准星。

我翻阅了几期《华融之声》，看到华融人的志气和理想。谈到从工商银行调到华融来的理由，最主要的是期望自己的能力得到更好的发展。我觉得这是很好的理由，是内心和外在的统一，是朝着自我实现路上的迈进。当然了，自我实现的路，绝不会是一帆风顺的。我们常常会遭遇挫折和失败，但人生的价值并不在于永远是胜利和成功，而在于这个过程当中我们得到了独一无二的属于自己的体验。在生存之道解决之后，在工作中得到乐趣，就是一个极好的选择。要知道，我们每个人，一生用于工作的时间大于七万小时。可不要小瞧了这七万小时，如果你是在快乐和创造中，你是在寻找自我价值的挑战中，你的人生就会过得很充实。如果你只是为了更多的钱、更宽敞的房子、更多的应酬和名声上的虚荣，你将在七万小时甚至更多的时间里委屈着自己，扼杀着自己，毁灭着自己的自由。

我在美国印第安人的保留地遇到一位印第安族的心理学家。她说，在我们古老的印第安人那里，有一个风俗，即使自己的温饱没有解决，我们也会用自己的食物拯救他人。因为，对我们来说，帮助别人是精神的传统。我并不是要挑战马斯洛，我只是说，精神有时比肉体更重要。

这是那位印第安族心理学家最后留给我的话。

人可以
最大限度地
逼近真实

朋友给我讲过这样一个故事。

他祖父小的时候很聪明，也很有毅力，学业有成，正欲大展宏图之际，曾祖父将他叫了去，拿出一个古匣，对他说，孩子，我有一件心事，终生未了。因为我得到它们的时候，一生的日子已经过了一半，剩下的时间不够我把它做完了。做学问，就要从年轻的时候着手，我要是交给你一件半成品，不如让你从头开始。

原委是这样的。早年间，江南有一家富豪，酷爱藏书。他家有两册古时传下的医书，集无数医家心血之大成，为杏林一绝。富豪视若珍宝，秘不传人，藏在书楼里，难得一见。后来，富豪出门遇险，一位壮士从强盗手里救了他的性命。富豪感恩不尽，欲以斗载的金银相谢。壮士说，财宝再多再贵重，也是有价的。我救了你，你的命无价。富豪说，莫非壮士还要取了我的命去？壮士大笑说，我不是要你的命，是想用你的医书救普天下人的性命。富豪想了半天，说，我可以将医书借给你三天，但是三日后的正午，你必得完璧归赵。

说罢，命人从嵯峨的木制书楼里，将饱含檀香气味的医书捧了出来。

壮士得了书后，快马加鞭急如星火地赶回家，请来乡下的诸位学子，连夜赶抄医书。书是孤本，时间又那样紧迫，荧荧灯火下，抄书人目眦尽裂，总算在规定时间之内依样画葫芦地描了下来。壮士把医书还了富豪，长出一口气，心想，从此以后便可以用这深锁在豪门的医学宝典造福天下黎民了。

谁知，抄好的医书拿给医家一看，才知竟是不能用的。医家以人的性命为本，须严谨稳当。这种在匆忙之中由外行人抄下的医方，讹脱衍倒之处甚多，且错得离奇，漏得古怪，寻不出规律，谁敢用它在病人身上做试验呢？

壮士造福百姓之心不死，急急赶回富豪家，想晓以大义，再请富豪将医书出借一回，这一次，请行家高手来抄，定可以精当了。当他的马冷汗涔涔到达目的地时，迎接他的是冲天火光。富豪家因遭雷击燃起天火，藏书楼内所有的典籍已化为灰烬。

从此这两册抄录的医书，就像鸡肋，一代代流传了下来。没有人敢用上面的方剂，也没有人舍得丢弃它。书的纸张黄脆了，布面断裂了，后人就又精心地誊抄一遍。因为字句的文理不通，每一个抄写的人都依照自己的理解，将它订正改动一番，闹得愈加面目全非，几成天书。

曾祖父的话说到这里，目光炯炯地看着祖父。

祖父说，您手里拿的就是这两册书吗？

曾祖父说，正是。

祖父说，您是要我把它们校勘出来？

曾祖父说，我希望你能穷尽毕生的精力让它死而复生。但你只说对了一半，不是它们，是它。工程浩大，你这一辈子，是无法同时改正两本书的。现在，你就从中挑一本吧。留下的那本，只有留待我们的后代子孙再来辨析正误了。

祖父看着两本一模一样的宝蓝色布面古籍，费了斟酌，就像在两个陌生的美女之中挑选自己的终身伴侣，一时不知所措。

随意吧。它们难度相同，济世救人的功用也是一样的。曾祖父催促。

祖父随手点了上面的那一部书。他知道从这一刻起，这一个动作，就把自己的一生同一方未知的领域，同一个事业，同一种缘分，牢牢地粘在一起。

好吧。曾祖父把祖父选定的甲册交到他手里，把乙册收了起来，不让祖父再翻，怕祖父三心二意，最终一事无成。

祖父没有辜负曾祖父的期望，皓首穷经，用了整整半个世纪的时间，将甲书所有的错漏之处更正一新。册页上临摹不清的药材图谱，他亲自到深山老林一一核查。无法判定成分正误的方剂，他采集百草熬药炼成汤，以身试药，几次昏厥在地。为了一句不知出处的引言，他查阅无数典籍……那册医书就像是一盘古老石磨的轴心，天文地理，古今中外，凡是书中涉及的知识，祖父都用全部心血一一验证，直至确凿无疑。祖父的一生围绕着这册古医书旋转，从翩翩少年一直变作鬓发如雪。

按说祖父读了这么多医书，该能成为一代良医。但是，不。祖父的博学只为那一册医书服务，凡是验证正确的方剂，祖父就不再对它们有丝毫留恋，弃而转向新的领域探索。他只对未知事物和纠正谬误有兴趣，一生穷困艰窘，竟不曾用他验证过的神方医治过病人，获得过收益。

到了祖父垂垂老矣的时候，他终于将那册古书中的几百处谬误全部订正完了。祖父把眼睛从书上移开，目光苍茫，好像第一次发现自己已走到生命的尽头。

人们欢呼雀跃，毕竟从此这本伟大的济世良方可以造福无数百姓了。

但敬佩之情只持续了极短的一段时间。远方发掘了一座古墓，里面埋藏了许多保存完好的古简，其中正有甲书的原件。人们迫不及待地将祖父校勘过的甲书和原件相比较，结果是那样令人震惊。

祖父校勘过的甲书，同古简完全吻合。

也就是说，祖父凭借自己惊人的智慧和毅力，以广博的学识和缜密的思维，加之异乎寻常的直觉，像盲人摸象一般在黑暗中摸索，将甲书在漫长流传过程中产生的所有错误全改正过来了。

祖父用毕生的精力，创造了一个奇迹。

但这个奇迹，又在瞬忽之间烟消灰灭，毫无价值。古书已经出土，正本清源，祖父的一切努力都化为劳而无功的泡沫。人们只记得古书，没有人再忆起祖父和他苦苦寻觅的一生。

讲到这里，朋友久久地沉默着。

　　古墓里出土了乙医书的真书吗？我问。

　　没有。朋友答。

　　我深深地叹息说，如果你的祖父在当初选择的那一瞬间挑选了乙书，结果就完全不一样了啊。

　　朋友说，我在祖父最后的时光也问过他这个问题。祖父说，对我来讲，甲书乙书是一样的。我用一生的时间说明了一个道理，人只要全力以赴地钻研某个问题，就有可能最大限度地逼近它的真实。

　　祖父在上天给予的两个谜语之中随手挑选了一个。他证明了人的努力可以将千古之谜猜透。

　　这已经足够。

　　每逢放学的时候，附近的那所小学就有稠密的人群糊在铁门前，好似风暴前的蚁穴。那是家长在等着接各自的孩童回家。

　　在远离人群的地方，有个人倚着毛白杨悄无声息地站着，从不张望校门口。直到有一个孩子飞快地跑过来，拉着他说，爸，咱们回家。他把左手交给孩子，右手挂起盲杖，一同横穿马路。

　　多年前，这个盲人常蹲在路边，用二胡拉很哀伤的曲调。他技艺不好，琴也质劣，音符断断续续地抽噎，叫人听了只想快快远离。他面前盛着零钱的破罐头盒，永远看得到锈蚀的罐底。我偶尔放一点钱进去，也是堵着耳朵到近前。

　　后来，他摆了一个小摊子，卖点手绢、袜子什么的，生意很淡。一天晚上，我回家，一下公共汽车，黑寂就包抄过来。原来这一片突然停电，连路灯都灭了，只有电线杆旁一束光柱如食指插破星天。靠拢才见是那个盲人打了手电，在卖蜡烛、火柴，价钱很便宜。我赶紧买了一份，喜滋滋地觉着带回光明给亲人。

之后的某个白日，我又在路旁看到盲人，就气哼哼地走过去，说，你也不能趁着停电发这种不义之财啊！那天你卖的蜡烛算什么货色啊？蜡烛油四下流，烫了我的手。烛捻儿一点也不亮，小得像个萤火虫尾巴。

他愣愣地把塌陷的眼窝对着我，半天才说，对不住，我……不知道……蜡烛的光……该有多大，萤火虫的尾巴……是多亮。那天听说停电，就赶紧批了蜡烛来卖。我只知道……黑了，难受。

我呆住了。那个漆黑的夜晚，即便烛火如豆，还是比完全的黑暗好了不知几多。一个盲人在为明眼人操劳，我还不分青红皂白地指责他，我好后悔。

后来，我很长时间没到他的摊子买东西。确信他把我的声音忘掉之后，有一天，我买了一堆杂物，然后放下了五十块钱，对盲人说，不必找了。

我抱着那些东西，走了没几步，被他叫住了。大姐，你给我的是多少钱啊？

我说，是五十元。

他说，我从来没拿过这么大的票子。

见他先是平着指肚，后是立起掌根，反复摩挲钞票的正反面。

我说，这钱是真的。您放心。

他笑笑说，我从来没收到过假钱。谁要是欺负一个瞎子，他的心就先瞎了。我只是不能收您这么多钱，我是在做买卖啊。

我知道自己又一次错了。

　　不知他在哪里学了按摩，经济上渐渐有了起色，从乡下找了一个盲目的姑娘，成了亲。一天，我到公园去，忽然看到他们夫妻相跟着，沿着花径在走。四周湖光山色美若仙境，我想，这对他们来讲，真是一种残酷。

　　闪过他们身旁的时候，听到盲夫有些炫耀地问，怎么样？我领你来这儿，景色不错吧？好好看看吧。

　　盲妻不服气地说，好像你看过似的。

　　盲夫很肯定地说，我看过，常来看的。

　　听一个盲人连连响亮地说出"看"这个字，叫人顿生悲凉，也觉出一些滑稽。

　　盲妻反唇相讥道，介绍人不是说你胎里瞎吗？啥时看到这里好景色的呢？

　　盲夫说，别人用眼看，咱可以用心看，用耳朵看，用手看，用鼻子看……加起来一点不比别人少啊。

　　他说着，用手捉了妻子的指，沿着粗糙的树皮攀上去，停在一片极小的叶子上，说，你看到了吗？多老的树，芽子也是嫩的。

　　那一瞬，我凛然一惊。世上有很多东西，看了如同未看，我们眼在神不在。记住并真正懂得的东西，必得被心房茧住啊。

　　后来盲夫妇有了果实，一个瞳仁亮如秋水的男孩。他渐渐长大，上了小学，盲人便天天接送。

　　初起那个孩童躲在盲人背后，跟着杖子走。慢慢胆子壮了，绿灯一亮，他就跳着要越过去。父亲总是死死拽住他，用盲杖戳着柏油路说，让我再听听，近处没有车轮声，我们才可动……

终有一天，孩子对父亲讲，爸，我给你带路吧。他拉起父亲，东张西望，然后一蹦一跳地越过地上的斑马线。于是盲人第一次提起他的盲杖，跟着目光如炬的孩子，无所顾忌地前行，脚步抬得高高的，轻捷如飞。

孩子越来越大了。当明眼人都不再接送这么高的孩子时，盲人依旧每天倚在校门口旁的杨树下，等待着。

有一个故事，说的是一根柱子，一根三百年前的柱子。那根柱子很坚固，支撑着一座宏伟的大厅。那座大厅很大，大到修建的时候没有人相信一根柱子就能支撑起沉重的穹顶。年轻的建筑师用了种种科学方程式来证实他的这根柱子是何等牢靠和坚固，足够应用。人们虽然不能反对他的公式，却可以反对由他来担当这座市政大厅的总设计师。

年轻的设计师面临一个选择。如果他坚持他的设计，他的设计就永远停留在纸上了。如果他变更他的设计，人们就看不到这根独撑穹顶的柱子了。设计师沉吟再三，修改了他的图纸，又添加了四根柱子。人们对这个更加稳妥的设计拍手叫好，据此建起了壮丽的大厦。

很多年过去了。年轻的设计师变成了墓碑，大地震袭击了城市。很多建筑都倒塌了。唯有具有五根柱子的市政大厅依然巍峨耸立。人们说，幸亏有五根柱子啊！

终于到了维修的时刻。人们惊讶地发现，除了最早设计的那根独撑天下的柱子，其余的四根柱子距离穹顶都有一道窄窄的间隙。也就是说，它们并不承接穹顶的重量，只是美丽的摆设。

于是人们惊叹这匪夷所思的设计，给予设计者以排山倒海的赞美。回答他们的只是墓草的摇曳。

设计师没有收获生前的称誉，但他收获了一根柱子。设计师是可以怒发冲冠一走了之的，但为了他的柱子的诞生，他妥协和避让了。设计师是可以在事成之后即刻就公布他的计谋的，但为了他的柱子无可辩驳的质地，他保持了宁静的缄默。设计师是可以在一份遗嘱或一部著作中表达他的先见和果敢的，但为了他的柱子的荣誉，他不再贪恋丝毫的浮华。设计师为了他的柱子，隐没在历史的尘埃中。

这是一根有弹性的柱子。它的设计者把自己的性格赋予了它，于是柱子比设计师活得更长久。

一位外国女孩给我讲了这样一个故事。

举办残障人运动会，报名的时候，来了一个失却双腿的人，说，我要参加游泳比赛。登记小姐很小心地询问，您在水里将怎样游呢？失却双腿的人说，我会用双手游泳。

又来了一个失却双臂的人，也要报名参加游泳比赛。登记小姐问，您将如何游呢？失却双臂的人说，我会用双脚游泳。

登记小姐刚给他们登记完，又来了一个既没有双腿也没有双臂，也就是说，整个失却四肢的人，也要报名参加游泳比赛。登记小姐竭力保持镇静，小声问，您将怎样游泳？那人笑嘻嘻地答道：我将用耳朵游泳。

他失却四肢的躯体好似圆滚滚的梭。由于长久的努力，他的耳朵硕大而强健，能十分灵活地扑动向前。下水试游，他如同一枚鱼雷出舱，速度比常人还快。于是，知道底细的人们暗暗传说，一个伟大的世界纪录即将诞生。

正式比赛那天，人山人海。当失却四肢的人出现在跳台上的时候，简直山呼海啸。发令枪响了，运动员扑通扑通入水。一道道白箭推进，浪花逬溅，竟令人一时看不清英雄的所在。比赛的结果出来了，冠军是失却双臂的人，亚军是失却双腿的人，季军是……

英雄呢？没有人看到英雄在哪里，起码是在终点线的附近找不着英雄独特的身姿。真奇怪，大家分明看到失却四肢的游泳者跳进水里了啊！

于是更多的人开始寻找，终于在起点附近摸到了英雄。他沉入水底，已经淹死了。在他的头上，戴着一顶鲜艳的游泳帽，遮住了耳朵。那是根据泳场规则，在比赛前由一位美丽的姑娘给他戴上的。

我曾把这故事讲给旁人听。听完之后的反应，形形色色。

有人说，那是一个阴谋。可能是哪个想夺冠军的人出的损招，扼杀别人才能保住自己。

有人说，那个来送泳帽的人，如果不是一个漂亮的女孩子就好了，游泳者就不会神魂颠倒。就算全世界的人都忘记了他耳朵的功能，他也会保持清醒，拒绝戴那顶美丽却杀人的帽子。

有人说，既然没了手和脚，就该安守本分，游什么泳呢？要知道水火无情，孤注一掷的时候，风险随时会将你吞没。

有人说，为什么要有这么个混账的规则，游泳帽有什么作用？各行各业都有这种教条的规矩，不知害了多少人才，种种陋习何时才会终结？

我把这些议论告诉女孩。她说，干吗都是负面？这是一个笑话啊，虽然有一点深沉。当我们完整的时候，奋斗比较容易。当我们没有手的时候，我们可以用脚奋斗。当我们没有脚的时候，我们可以用手奋斗。当我们手和脚都没有的时候，我们可以用耳朵奋斗。

但是，即使在这时，我们依然有失败甚至完全毁灭的可能。很多英雄，在战胜了常人难以想象的艰难困苦后并没有得到最后的成功。

凶手正是自己的耳朵——你最值得骄傲的本领。

我有一个妹妹，比我年轻（这是废话啦），聪慧机警。她在北大读完计算机专业，到一家工厂当工程师。多年来，她一直是我作品的忠实读者，经常提出一些很尖锐、很中肯的意见，使我受益匪浅。

原以为我俩一文一理，是两股道上跑的车，绝无聚头的日子。不想随着国门打开，洋货涌入，国产计算机的局势日见危急，妹妹所在的工厂濒临倒闭，最后竟到了只发微薄的生活费的境地。

一日，老母亲对我说，看你写些小文章，经常有淡绿色的汇款单寄来，虽说仨瓜俩枣的，管不了什么大事，终是可以让你贴补些家用，给孩子买只烧鸡的时候，手不至于哆嗦得太甚。你既有了这个本事，何不教你亲妹妹两招。她反正也闲得无事，试着写写，万一高中了，岂不也宽裕些？

老母亲这样一说，倒让我很不好意思起来，好像长久以来自己私藏了一件祖传的宝贝，只顾独享，怠慢了一奶同胞的妹妹。

我支吾着说，世界级的大文豪海明威先生说过，写作这种才能，是几百万人当中才能摊上一份的，不是谁想写就能写的。

老母亲撇撇嘴说，她与你同父同母，我就不信只有你能写，她就写不得！

话说到这份儿上，我只有对妹妹说，你写一篇，拿来给我看看。

妹妹很为难地说，写什么呢？我又不像你，到过人迹罕至的西藏。我是生在北京，长在北京，最远的旅行就是到了北大的未名湖畔。这样简单的人生经历，写出的文章，只怕小孩子都不会看的。

我说，先不要想那么多吧。你就从你最熟悉最喜欢的事情写起，不要有任何顾虑和框框。写的时候也不要回头看，写作就像走夜路，一回头就会看到鬼影，失了写下去的勇气。你只管一门心思地写，一切等你写出来再说。

妹妹听完我的话，就回她自己的家去了。其后的很长一段时间无声无息。当我几乎把这件事忘记的时候，她很腼腆地交给我几张纸，说是小说稿写完了，请我指正。

我拿着那几张纸，翻来覆去地看了好几遍，好像是在研究这纸是什么材料制成的。我知道妹妹很紧张地注视着我，等待着我的裁决。我故意把这段时间拉得很长——不是要折磨她，是在反复推敲自己的结论是否公正。

我慢吞吞地说，你的文章，我看完了。我在这里看到了许多不成熟和粗疏的地方，但是，我要坦率地说，你的文字里面蕴含着一种才能……

妹妹吃惊地说，你不是骗我吧？不是故意在鼓励我吧？这是真的吗？我真的可以写一点东西吗？

我说，我有什么必要骗你呢？写作是一件很辛苦的事情，说真的，我真不愿你加入这个行列，它比你做电脑工程师的成功概率要低得多。但是，如果你喜欢，可以一试，李白说过，天生我材必有用。如果你爱好用笔来传达你对人世间的感慨，就沿着这条路走下去好了。

妹妹的脸红起来，说，姐姐，我愿一试。

我说，那好吧，回去再写十篇来。

用了大约一年时间，妹妹的十篇文章才写好。我一次都没有催过她。我固执地认为，一个人如果真正热爱一个行当，不用人催，他也会努力的。若是不热爱，催也无用。

当我看到厚厚一沓用计算机打得眉清目秀的稿子时，知道妹妹下了大功夫。读稿的时候，我紧张地控制着表情肌，什么神态也不显露出来。看过之后，把稿子随手递还。

怎么样呢？她焦灼地问。

我淡淡地说，还好，起码比我想象的要好得多。有几篇甚至可以说是很不错的了。

妹妹很明显地松了一口气，说，这下我就放心了。把稿件又塞给我。

想干什么？我陡然变色。

妹妹说，我写好了，属于我的事就干完了，剩下的活儿就是你的了。你在文学界有那么多的朋友，帮我转一下稿子，该是轻而易举的啊。

我说，是啊是啊，举手之劳。但是，我不能给你做这件事。

在旁侧耳细听的老母亲搭了腔，你平常不是经常给素不相识的文学青年转稿子吗，怎么到了自己的亲妹妹头上反倒这样推三阻四？

我把手压在妹妹的文稿之上，对她说，转稿子是很容易的事情，只是我想让你经历一个文学青年应该走的全部磨炼过程。正是因为你不仅仅是为了发一篇稿子，你是为了热爱，把写作当作终生喜爱的事业来看待的，所以我更不能帮你这个忙。为你转了稿，其实是害了你。经了我的手，你的稿子发了，你就弄不清到底是自己已到了能发表的水平还是沾了姐姐的光。况且我能帮你发一篇，我不能帮你发所有的篇目。就算我有力量帮你发了所有的作品，那究竟是你的能力还是我的能力呢？一个有志气的人，应该一针一线、一砖一瓦都由自己独立完成。

妹妹沉思良久后说，姐姐，这么说，你是不愿帮我的忙了？

我说，妹妹，姐姐愿意帮你。只是如何帮法，要依我的主意。在这件事上，请你原谅，姐姐只肯出脑，不肯出手。我可以用嘴指出你的作品有何不足，但我不会伸出一根手指接触你的稿子。

老母亲在一旁说，是不是因你当初是单枪匹马走上文坛的，今天对自己的妹妹才这般冷面无情？

我说，妈妈，我至今感谢你和父亲在文化圈子里没有一个熟人，感谢我写第一篇作品时的举目无亲。它激我努力，逼我向前。我不能因自己干了这一行，就剥夺了妹妹从零开始的努力过程。这对一个作家是太重要的锻炼，犹如一个婴儿是吃母乳还是喝苞谷糊糊长大，体质绝不相同。

妹妹说，姐姐于我，要做西西里岛上出土的维纳斯，不肯伸出双臂。

我说，错。维纳斯的胳膊是别人给她折断的，欲补不能。我是王佐，自断一臂。

妹妹说，我懂了。

在其后又是将近一年的时光中，妹妹像没头苍蝇似的，为她的文稿寻找编辑部。我冷眼旁观，这中间我有无数次机会举荐她的稿子，但我时时同自己想要帮她一把的念头，做着不懈斗争。我替毫不相干的青年转稿子，殷勤地向编辑询问他们稿子的下落，竭尽全力地为他们的作品说好话……但我信守诺言，没有一个字提及妹妹的作品。

妹妹在图书馆找到各种编辑部的地址，忐忑不安地寄出她的稿子，然后是夜不能寐的、漫长焦灼的等待……终于，她的十篇文稿全部投中，在各种刊物上发表了。

居然无一退稿！而且这都是我自己奋斗来的啊！妹妹喜极而泣，自信心空前地加强了。

老母亲对我说，想不到你这招儿居然很灵，只是为一服虎狼之药，药性凶猛了些。

我说，哪里是什么虎狼之药，不过是平常人的正常遭遇罢了。我们现在凡做一事，总是先想到认识什么人，试图依靠他人的力量。其实，这世上最值得信赖的人正是你自己。尤其是那种成功概率比较低的事，更要凭自己的双手去做，以积累经验。过程掺了水分，不如不做。

老母亲笑吟吟地说，现如今两个女儿的文字都可换回些柴米油盐酱醋茶钱，喜煞人也。

我拉着妹妹的手说，革命尚未成功，你我仍须努力啊。

　　我跟保安的会面主要在小区的一出一进当中。看着那些年轻的面庞，我常常想，他们以前是做什么的呢？在进入城市之前，在穿上保安的制服之前，他们是什么人呢？蝴蝶是毛虫变的，蚊子是孑孓变的，青蛙是蝌蚪变的，保安是谁变的？

　　和一些保安聊过天，他们都很谨慎，从不多说什么，至多只讲自己家在农村，上过或是初中或是小学，好像上过高中的不是很多，基本上是招工来的。用人单位的代表到了乡里，说有到北京干活儿的机会，需怎样的条件，谁愿意去？于是年轻人纷纷应征。有的是亲戚朋友介绍来的，滚雪球一般。总之，保安基本上来自农村。

　　一个农村的小伙子，冷不丁来到了繁华的大都市，他们的心地会发生怎样的变化呢？我没看到过针对保安的相关研究，设想一下，可能会有这样几种可能吧。

　　一是惊讶。高楼大厦车水马龙，不夜的霓虹灯和袒胸露背的华衣……这些和寂静山村简朴的民俗实在是天壤之别。人在震惊之后，很容易滋生出渺小和自卑的心理。能以平和之心对抗陌生的繁华，是一种再造的定力，而非人的本性轻易可以到达的高度。

一天，我在西客站附近上了公共汽车，一位老者也上了车，因这周围有家医院，他佝偻着腰，几乎可以断定他有病。从他迅速扫视四周的眼神又可以觉出他的病并不是很重。他走到一位看守着行李的小伙子面前，很果断地说，你站起来。那个小伙子不知何故，带着乡下人的服从和退缩马上站了起来。老者很利落地坐在了小伙子的位置上，然后说，给老年人让座是应该的。进了城，以后学着点。那小伙子愣愣地、冷冷地站着，一言不发，让人无法猜测他的心事。

我看不过，就挤过去，对那位老人家说，他给你让座是应该的，可你也该说声谢谢啊，这也是应该的啊。说完之后，我就直勾勾地盯着他，表示自己的坚持。那位老人家很不甘心，见周围也有人用目光支持我，才很不情愿地说了声，谢……

小伙子还是愣愣地站着，毫无表情。我不知道这个小伙子以后会不会变成保安，即使不是真正在册的正规保安，也许会摇身一变成了黑保安，看他那漠然的神情和高大的身板，这可能性还真不小。

曾经传得沸沸扬扬的"凶桥"的故事，说的是在北京健翔桥附近有一座过街天桥发生抢劫案，劫匪穷凶极恶，抢了钱还不说，临走时还在血肉模糊的事主腿上又刺了几刀，防着被害人爬起来追赶或报案。公安辛苦破案，最后查出凶手原来是附近灯具店的黑保安。

又是保安！不管是黑是白，这几年，听到的保安打砸抢的案子，实在是不少了，还有屡屡发生的监守自盗。"保安"那在人们心中原本趋向暗淡的形象，如今干脆抹上了血痕。

扯远了，回到刚才的话题。于是在想，青年农民进了城，穿上保安的衣服，他们就真的变成了负有庄严使命的保安了吗？谁来帮助他们完成这个巨大的转变？不单是要训练他们走正步、敬礼和纠察、服从，更要教会他们敬业和尊重、忠诚和勇敢。

比如，那个被迫让座的小伙子，我敢说城市给他的第一课肯定是不愉快的。凭什么我的座位要让给你？凭什么你坐了我的座连个谢谢也不说？凭什么城里人就可以指令乡下人？

我在报道中看到寻求保安杀人越货的动机时，总有一条是说这些年轻人一旦进入城市就会产生不平衡的心理，然后想找一条快速发财出人头地的路子。于是，抢劫偷盗就成了享乐的捷径。

原来那关键是不平衡。这就是变化的第二条。是啊，退一万步讲，同样是人，为什么你降生在城市，我就在农村？为什么你锦衣玉食，我却要风餐露宿？为什么你坐享其成，我却要白手起家？这一连串的问号如乌鸦盘旋在年轻的心的上空，如果没有疏导和讨论，那一时的偏颇就可能酿出滔天的惨祸。

不错，人间是有很多不平，这不平是与生俱来的，几乎是一种命定。我指出这一点，不是取消你的奋斗，而是请你的奋斗站在坚实的基础上。你不可以犯法，你不可以靠伤害他人以达到自己的目的。你不可以将道德和传统只维持在一个狭小的圈子里。比如，在你的小村庄，你知情达理，是个好孩子，一旦到了城市的汪洋大海，你觉得什么人都不认识你了，你不必为口碑负责，你就可以空前地放肆起来。

我认识一个乡村的女孩，她品行方正。到了城市不久，她就觉得当保姆挣钱太辛苦、太慢了，她要去当小姐。我说，你知道这小姐不是戏文里知书达理带着丫鬟的小姐，是有很多下流的东西在里面的。女孩说，阿姨，我都知道。可这又怎么样？就是下流了，也没有一个人认识我。我回家去，照样是一流的，起码也是个中上流吧。

我无言。淳朴的乡村以古老的方式约束之下的道德，一旦脱离了那个环境，就变得如同出土的丝绸，在一个极短暂的时间还能保持着绚烂，然而很快就褪色而灰飞烟灭了。因此，我对那些沙哑着嗓子颂扬乡村的歌唱始终心存疑虑，怕那只是理想中的眷恋，而非真正意义上的向往。

一日，我和朋友约了在街头见面，为了醒目，地点就选在了一家银行大厦的前面。随着年龄渐长，我越来越像个没出过门的老太太，凡是同人约定的事，总要早早地上路，生怕晚了。北京这地方，堵起车来，谁都没有办法，无论你打出多少时间的富余，还是要迟到。若是顺利了，简直就提前到不可思议的地步。那一天，恰好是后面一种情况。我百无聊赖地流连在碧绿色的玻璃幕墙边，像个准备打劫银行的匪徒踱来踱去，这毫无疑问引来了一位年轻保安的询问。我如实禀告。他笑起来说，你和我妈有点像，她要是哪天出门，早早地就上路了，有时会提前好几个钟点就到了。

我问，你妈妈现在在哪里呢？

聊天就这样开始了。他告诉我，他来自陕西的一个小村子，说他老妈以前是从来不看《新闻联播》的，因为那正是家中刷锅洗碗、喂猪的时间，老妈在灶台边忙得昏天黑地。可自从儿子到北京当了保安，老妈就雷打不动地开始看新闻了。老爹说，你不就着灶膛还是温和的，把猪食熬了，还关心什么国家大事？这都是老爷们儿的事，和你无关。老妈坐在小凳子上一动不动看着屏幕，说，我不是关心国家大事，我是关心我的儿子。他在北京做保安，新闻里播北京的事多，也许我会看到儿子。老爸说，哪儿有那么巧？就是有了，我叫你就是，你该干什么就干什么吧。老妈说，电视上如果有了儿子的影儿，那也是领导坐着车从他站岗的地方一晃就过去了，哪里等得及你叫我？还是我自己守着吧。

小伙子告诉我，他的父母就这样一直守着电视机，等着他在屏幕上以一个保安的姿态出现。他告诉过他们，自己穿上保安的衣服威风凛凛。

其实保安这一行是很无聊的，天天守着一个地方。最初的新鲜劲儿过去之后，再好的风景也会看腻。以后年岁大了，不能老做保安啊，要有一技之长啊。可我的一技之长在哪里？雇你的人是不会想这些的，可你自己会想，几乎每天都在想，但光想又有什么用呢？要有行动。可我的行动目标在哪里呢？不知道。

我看到面前的小伙子眼神里露出散淡的光，完全没有焦点。正在这时，我的朋友来了，我就离开了这位年轻的保安，但他的目光让我久久难忘。我想，这就是保安进入城市之后面临的第三个挑战了，那就是——茫然。

　　惊讶、不平衡和茫然，这三点变化带来的震动，其实也完全能从正面来解读。人为什么会惊奇？是因为我们离开了熟悉的环境，面临未曾有过的机遇和多种崭新的可能性。人为什么会不平衡？因为早先的稳定被打破了，一种变化的种子已经悄然发芽。当然了，不是每一粒种子都能开花，但播下种子就比荒芜的旷野强过百倍。面对不平衡，不怨天尤人，不妄自菲薄，沉下心来，细分短长，以自身的努力来补上命运的差异。至于说到茫然，我甚至认为，适当的茫然不单是一种可以接纳的阶段，而且几乎是年轻人的特权。你有权茫然，但是不可以茫然太久，太久的茫然就是思索的懒惰和行动的放弃。茫然的前提是要有向前一步寻找的动力，你须把茫然化作一种探寻的勇敢。茫然如同糯米，只有开阔的视野和不懈地学习，才能如同适宜的温度，将茫然的酒曲发酵成醇厚的甜酒。

　　你很难想象，在当今城市中有一位白发苍苍的保安在执行任务，保安已经从传统的打更老大爷或高尚别墅的女管家，变成了如今朝气蓬勃的年轻人的事业。无数青涩的果子将在这个行业中缓缓成熟，散发出活力的芳香和丰收的光彩。

一位心理学教授在录取报考她的研究生时，勾掉了得分最高的学生，取了分数略低的第二名。有人问，你是不是徇私舞弊或屈服于什么压力，才舍高就低？

她说，否。我在进行一项心理追踪研究，或者说是吸取教训。

她是位德高望重的学者，在专业范畴内颇有建树。别人一定要她讲讲录取标准。她缓缓地说，我已经招了多年的研究生，好像一个古老的匠人。我希望我所热爱的学科在我的学生手里发扬光大。老一辈毕竟要逝去，他们是渐渐暗淡下去的苍蓝。新的一辈一定要兴旺，他们是渐渐苏醒过来的嫩青。但选择什么样的接班人呢？我以前总是挑选那些得分最高、看起来兢兢业业、学习刻苦、埋头苦干，像鸡啄米一样片刻不闲的学生。我想，唯有因为热爱，他们才会如此努力取得优异的成绩，因此，他们应该是最好的。我在私下里称他们为"苦大仇深型"的学生。

许多年过去了，我有从容的时间，以目为尺注视着他们的脚步，考察他们的历史，以检验当年决定的命中率。

我发现自己错了。在未来的发展中最生龙活虎、最富有潜质并且宠辱不惊，成为真正的学科才俊的是那样一种人——他们表面上像狮子一样悠闲，甚至有点漫不经心和懒散；小的成绩并不能鼓励他们，反而让他们藐视般的淡漠；对导师的指导和批评，往往是矜持而有保留地接受，使得他们看起来很不虚心；多少有些落落寡合，经常得不到众口一词的称赞；失败的时候难得气馁灰心，几乎不需要鼓励；辉煌的时候也显不出异样的高兴，仿佛对成就有天然的免疫力。他们的面部表情总是充满孩子般的好奇，洋溢着一种快乐，我称之为"欢喜型"。

"苦大仇深型"的学习者，主要是为了改善自己的生存状态，追求科学知识给自身带来的优裕与好处。一旦达到目的，对科学本身的挚爱就渐渐蒸发，代之以新的更敏捷的优化生存状态的努力。作为一种生活方式的选择，自然无可厚非，但作为学业继承者，则不是最好的人选。

"欢喜型"的学习者，也许一开始他们走得不快，脚力也并不显出格外的矫健，但心中的爱好犹如不断喷发的天然气，始终燃烧着熊熊的火焰，风暴无法将它吹熄。在火光的引导下，"欢喜型"的人边玩边走，兴趣盎然地不断攀登，绝不会因路边暂时的风景而停下脚步，直到高远的天际。

心理学教授说，几乎世上所有的事，都可以划分成"苦大仇深型"和"欢喜型"。就像读书，若是为了一个急切的目的而读，待事过境迁，就会与书形同路人。如果真是爱好喜欢，就会永远将书安放枕边，梦中与书相会。

　　我有一套表格，是根据一个人的性格、爱好、才能、本领等特征预测职业选择趋向。当然，结果仅供参考。朋友们知道了，有时会说，嘿，把你那沓表借咱使使，看看天生是从事何种职业的料子，现在还有没有转轨变形的可能性。我嫌麻烦，就说，人家国外都是给大学毕业生或待业青年找工作时才做这种测验，您都七老八十的喽，不说事业有成，也算轻车熟路了，怎么着，还真想重打鼓另开张啊？再说啦，这种表格是外国人设计的，统计数据也是海外的，简单移植过来，不一定准的。

　　我劝阻。但是，几乎没有一个人收回他们的要求，坚持着，从请求到恳求，甚至……哀求（假装的），直到我答应。我从中得到很惊奇的发现——现今社会中，有把握确认所从事的工作，正是自己爱好和擅长的人，少得令人叹息。现代人对于职业，普遍在一种不肯定、不确信的状态中游弋，懵懂茫然，期待着来自外界的确认或改变。

测验结果，令人瞠目。

一位优秀的企业家，他的最佳职业选择应是动物学家。

一位兢兢业业的公务员，所得结果是民间艺人。

一位电脑工程师，竟是农场主。

一位警察，干脆提示他可以试试做个神职人员。

…………

凡此种种，南辕北辙，有的还不符合国情，闹得我对该表很没几分信心了。朋友们的反应，更叫人难以捉摸。不摇头也不点头，讪讪的，淡淡的。更有甚者，神秘莫测地笑笑，一反当初的诚恳和迫切，王顾左右而言他，好似我辛辛苦苦做出的结果和他不相干。

次数多了，我也意兴阑珊。一天，一位很要好的朋友又求做这个表。我懒懒地说，做，可以。只是我做完了之后，无论那个结果怎样出乎你的意料，你都得把真实想法告诉我。她想了有25秒，说，好！

她是一家律师楼的合伙人。早年我一听到"合伙人"这个词就想笑，觉得像开卖瓜子的小杂货店，这两年不敢笑了。朋友在业内已声名卓著，物质也大大丰富了，出入香车。我到她郊外巍峨的别墅看过银河（北京城里通常是看不到星星的）。

用处理法律文书的严谨和节奏，她填完了表格。我把测验完成之后，先检查了两遍，然后盯着她问，还记着咱俩的约定吧？

她敲敲自己的头说，律师的脑壳，是电脑加文件柜。

我说，你可以兑现了。

我把测验结果递给她。在职业选择的顺序表上赫然列着——首选护林员。

寂静。在我和她之间，犹如隔着一片被烈火焚烧过的旷地，没有林涛，也没有鸟鸣。我说，反悔了，是不是？我也不明白怎么得出了这结果。你是多么出色的律师啊。我见过你出庭，唇枪舌剑胜似闲庭信步。最大的可能性，是这个表错了。

女律师看着我，目光好似看一个嫌犯。她用我从来没听过的声调缓缓说，哦，那表没错，错的是我曾经的选择。刚才那一刻，只有一个念头，就是想掉眼泪。滚滚红尘中，没人知道我的心，包括我的父母和我的丈夫。远远的异国，却有一张不知何人打造出的表格直穿我胸襟，让我和我的灵魂有了一个突然而痛楚的接触，才知道这一生的真爱在百般打压之下依然安在。我愿被遮天蔽日的绿色掩埋，喜欢与世隔绝的静谧和亘古不变的安详。在与人屏蔽的大自然里，听蚯蚓爬过蘑菇根和蝴蝶须子拍破露珠的声响……我从来没对任何人说过这个心愿，以为成功地将它谋杀在少年时代。没想到，它如此鲜活地蛰伏在我内心最幽暗的水塘里，直到这张表钓它到阳光下。我每天忙着，为了许许多多的利益和功名，至今没有机缘走入原始森林一步。我能为树木所做的唯一的事，就是节省几张复印纸。哦，护林员，多好听的名字啊！念起它的时候，喉头充满了松脂的爽滑，连肺也像白纱裙一样鼓胀开来，可惜，我吸进的依然是城市嗅过千百次的废气……

轮到我不知如何回应，唯有沉思。方明白一个人的职业，如果能和爱好契合，将是怎样的幸福。如果背道而驰，不管他依仗智力的超拔和人格的卓绝，凭借外力的援送和机遇的佳美，到达怎样精彩的高度，他内心总不能无拘无束地快活。一个苦苦的祈盼，在沉沉掩埋下愈老弥坚。如同三千年的古莲子，在枯燥中黑暗地坚守，期待有朝一日冲决而出，重绽花朵。

你何时回你的森林？分手时我问。特别用了"回"这个字眼。那儿是她心灵的家园。

以眼前这个忙法，等退休以后了。她捋捋满头的青丝，苦笑着说。又补充一句，找的人这么多，只怕退了也安生不下来。只有一个办法，把骨灰撒在白桦树下。

魂灵也要看守森林，上车时她说。

某机构驻北京办事处的首席代表，是一位外籍女华人。

一次聊天，她说，本公司待遇优厚，事业发展很有前途，因此每次招聘白领，硕士、博士云集，真像一句北京土话形容的——可用簸箕论堆儿撮。好中选优，我的用人标准非常简单。开始阶段，完全唯文凭是举，而且一定要名牌大学的高才生。

我说，这样做是否有遗珠之憾？自学成才的也大有人在，俗话说，包子有肉不在褶儿上，路遥知马力，日久见人心啊。

首席代表点头道，你讲得也有几分道理，但现代社会如此快节奏，哪儿有时间像个老农似的慢慢考察马的能力？我没有火眼金睛能看穿人的心肺，只有凭借他的历史。如果是匹千里马，早该穿云破雾战功赫赫。馅儿里藏着很多肉的包子，必会油汪汪、香气扑鼻，不能等咬了一口才知道。

名牌大学的学生，当然也非个个金刚不坏之身，但杰出人才的保险系数大一些。你想啊，重点大学的学生一般来自重点中学，重点中学来自重点小学……据说，一个小学生大约要考 500 次试。念到博士毕业，便经历了成千上万次考试。都说现在学生压力大、精神负担重，能在大负荷下成绩优等，不曾考试昏倒，没有长期失眠，精神无分裂，身体未崩溃……不正说明了他毅力顽强、心理素质稳定，是可堪造就的人才吗？

再者，我喜欢名牌大学学生的自信和优越感，那是一种从小积攒起来的雄厚功力和接受了某种训练培育出的虚张声势型自信，内在质量不一样。后面这种东西，一般的场合下还可凑合，但到关键时刻需要大胆魄、大气概时就易溃败瓦解。现代商战很残酷，谁能在气势上压倒对方，进退有度，坚持到最后一分钟，谁才能成为长远的赢家。当然，衡量人的整体素质，是综合指标，但我哪儿有那么多时间一一鉴定？只有忙中取巧，简化约分，把复杂的问题程式化。打仗时，大家挑选勇敢的人。和平年代，人们便用名牌大学这孔筛子，做用人的初步甄别。

我说，您的这套观点和现在的素质教育不符啊。人才应该是一个更广博的概念。

首席代表说，我也是无奈。除了分数，中国现在还有哪种公平公开而又负责任的评定指标可供用人单位参考？国外是有这种标准的。

我女儿和她的伙伴，都特别踊跃地参加志愿者服务队伍。工作是义务的，没有报酬，但登记处的表格摞得天高。孩子们要是得知申请获得接受，被指派了为公众服务的机会，会非常高兴。动机并不完全出于无私的爱心，关键在于活动结束后，用人部门会出示对志愿者能力和责任感的评语。此种经历和得分，对就业极为重要。

女儿领受任务回家，对着镜子不停咧着嘴笑。她平常性格内向，不大动表情。那一天，她直笑得腮帮上的肌肉都哆嗦起来，好像白天跑了太多的路，睡觉时小腿抽筋一样。我说，艾尼卡，你这是怎么啦？按照中国话说，是吃了笑婆婆的尿了吗？女儿说，妈妈，我被分到一家像迪士尼乐园那样的游乐城，将穿着员工的制服站在一个岔路口为游人指路。经过测算，游人从进园玩到我所站立的地方，有三分之一的人会有需要方便的念头。虽然路标有显著的卫生间指示牌，但仍有很多人会四处张望，向服务人员打听——洗手间在哪里？这个时候，我的工作，嗒，就是一边打手势一边笑容满面地回答：请往这边走。

工作基本就是如此，很简单，很单调，但是必不可少。今天，公园服务总管问我，你知道每天要说多少遍"请往这边走"吗？我说，不知道。总管说，要回答6000遍。这句话，我相信你在说第一遍的时候会亲切可人、温柔有加，说到1000次的时候也还算彬彬有礼，但你能保证在每天第6000次重复它时，脸上依旧是真切的笑意，口气中没有一丝厌倦的情绪吗？如果你做不到，现在离开还来得及。

我心中一抽，女儿个性强，能承担如此乏味的工作和持续地善待他人吗？没有把握啊。忙问，艾尼卡，你怎样回答？女儿说，我想，这是一个培养爱心、锻炼耐力的好机会，再说为了得到一个就业参考的好分数，我就咬牙答应下来了。您没看我正在练习微笑吗？

艾尼卡真的说到做到了。我曾在游乐园快下班的时候偷窥过她，那大概已经是她当天的第5000多次微笑了，依旧纯真善良、举止到位，无一敷衍。以至义务劳动结束时，她说，妈妈，我已经忘记如何表示愤怒了。当然，她得到了很好的评语。

听完首席代表的话，我说，您这样一讲，我是又明白又糊涂了。明白的是，艾尼卡是一个好孩子。糊涂的是，既然人的优良品质是培养出来的，这不又和您的天生自信学说矛盾了吗？

首席代表笑起来说，不要钻我的空子啊。天生素质当然最好，如果不具备，就只好退而求其次。好比天然的大虾捕捞光了，人工养殖的也行啊。天才加上训练，就更棒啦！

在每个人的生命里，都有一个关于创造的秘密，等待着被发现。那将是你的第二次诞生。

你一定要相信，在你的身体里，有一颗种子，焦灼地盼望着阳光。至于它到底是一颗什么种子，在没有发芽之前，谁也不知道。

你的责任就是给它浇水，保护它不被鸟雀啄食，不因为干渴而失去生机，不会被人偷走，也不会在你饥肠辘辘的时刻被你炒熟了充饥。如果那样做了，你虽可一时果腹，却丧失了长久发展的原动力。

那颗种子可能藏在你的耳朵里，你就有灵敏的听觉。可能藏在你的手指甲里，你就有非凡的触觉。也可能在你的眸子里，也可能在你的肌肉中。当然了，更可能在你的大脑中、心脏里、双手中……

每个人在属于个人的成长经历中，早已获得了解决问题的丰富宝藏。请信任我们的潜意识，它必定能在正确的时机产生恰当的回应。告诉你一句悄悄话——有时候，信息也将以非语言的方式揭露真相。

找找吧。一定找得到！

　　身体里绝对有不少于一百种的功能，能保证你在浑然不觉中完成种种复杂的运作。但你不要以为功能们会一直老老实实地待在那里，它们是勤勤恳恳的，却不是任劳任怨的。如果你一直视它们的存在为理所当然，从来不照料它们，不维护和激励它们，或是过度使用，或置若罔闻，那么，它们不是反抗，就是消极怠工，也许集体突围，无声无息地溜走了，然而你误以为它们从来不曾居住在你的身体里。要知道，一辈子无意识地随波逐流，会导致你各种功能的退化。

　　成功并不像想象的那样难。因为我们不敢做，它才变得难起来。

人一生会听到很多评价和意见，你不想听也不行。意见的来源，是个有趣的问题。

说到意见的来源，最简单的可以分成两大类。一大类来自爱你的人，因为希望你进步，希望你好，希望你幸福，所以他们会指出你的不足。通常我们对这类意见，要么是重视过度，要么是过度地不重视。前者是因为亲人在我们眼中就是人间的上帝，句句是真理。后者也因为和凡间的上帝相处得太久了，反倒觉得老生常谈，把它当成了耳旁风。还有一大类意见，来自恨你的人。我说的这个"恨"，不是血海深仇，不是国恨家仇。在此文中，它统指对你印象不好的人，和你不对付的人，和你有过节且巴望着你倒霉的人。按时下年轻人的话讲，就是和你相克，也许是血型不符，也许是星座不合。那些和你暗中铆着劲儿的龌龊人，恕我简称为你的"仇人"。

对待仇人的意见，有一句很经典的话，叫作"走自己的路，让别人说去吧"。这虽是一剂良药，但缺点是起效较慢。很多人试验过这法子，有时好几个月甚至好几年之后，才能渐渐在想起仇人们的冷语时心境淡然。还有一个前提——你已经找到了一条路，正在走着，方向感明确，有主心骨，步履轻快。说这话的时候底气才较充足。倘若正在彷徨和苦闷中，雨雾迷蒙，路还不知在何方，或者干脆在路边崴了脚或被野兽啮伤了，创口流着血，那这句经典就稍嫌隔靴搔痒，有点近似精神胜利法了。

面对仇人的攻伐，如何是好？

仇人的话，杀伤力之所以大，是因为那其中常常是有几分真实的。完全的谎话，其实倒并不可怕，因为除了极为弱智的人，一般都可识破。古语说"谣言止于智者"，现在资讯发达，人也吃了很多深海鱼油，智者可能比古时还要多些，所以对完全胡说八道的东西倒不必太过担心。如果仇人的话是完全真实的，我看是应该感激的，请你低下自己的头。这不是认输或领认了侮辱，而是真心实意地表达对真实的敬畏。只要他说得对，不必介意他的人品，只需看重他的意见。仇人的真知灼见，也许会让你因此得到终生受用的教诲，他在无意中就送了一个大礼给你，他就成了你的恩人。这就是很多人常常说，我最感激的是那些侮辱、攻击、放弃我的人，他们让我懂得了如何做人，才有了今天的成就云云……每逢我听到这种话，总觉得略微矫情了些。我不会感谢那些本来想侮辱我的人，他们不应该因为仇视和狭隘受到感激。仇恨和狭隘，常常是可以置人于死地的，你没有死，是因为你救了自己。你应该感谢的只有一个人，那就是你自己啊。

即使你从仇人喷涌而来的污泥浊水中，荡涤出了金沙，你也可以依然保持你的仇恨，如同保持你脊骨的硬度，但这并不妨碍你思忖他们的意见。因为只有仇人，才会深深研究你的要害。因为他恨你，所以他时刻盯着你，对你观察得格外细致，思索得格外刻毒。试想一下，如果我们用显微镜看事物，那普天之下就没有一处洁净的地方了，到处都是繁殖的细菌、蠕动的螨虫……

然而，依然有阳光。

你的仇人，就是瞄准你的显微镜。

29 | 比树更长久的

人们对生命比自己更长久的物件，通常抱以恭敬和仰慕；对活得比自己短暂的东西，则多轻视和俯视。前者比如星空，比如河海，比如久远的庙宇和沙埋的古物。后者比如朝露，比如秋霜，比如瞬息即逝的流萤和轻风。甚至是对动物和植物，也是比较尊崇那些寿命高的巨松和老龟，而轻慢浮游的孑孓和不知寒冬的秋虫。在这种厚此薄彼的好恶中，折射着人间对时间的敬畏和对死亡的慑服。

妈妈说过，人是活不过一棵树的。所以我从小就决定种几棵树，等我死了以后，这些树还活着，替我晒太阳和给人阴凉，包括也养活几条虫子，让鸟在累的时候填饱肚子，然后歇脚和唱歌。我当少先队员的时候，种过白蜡和柳树。后来植树节的时候，又种过杨树和松树。当我在乡下有了几间小屋，有了一块属于自己的小园子之后，我种了玫瑰和玉兰，种了法国梧桐和迎春。有一天，我在路上走，看到一截干枯的树桩，所有的枝都被锯掉了，树根仅剩一些凌乱的须，仿佛一个倒竖的鸡毛掸子。我问老乡，这是什么？老乡说，柴火。我说，我知道它现在是柴火，想知道它以前是什么。老乡说，苹果树。我说，它能结苹果吗？老乡说，结过。我不禁愤然道，为什么要把开花结果的树伐掉？老乡说，修路。

公路横穿果园，苹果树只好让路。人们把细的枝条锯下填了灶坑，剩下这拖泥带土的根，连生火的价值都打了折扣，弃在一边。

我说，我要是把这树根拿回去栽起来，它会活吗？老乡说，不知道。树的心事，谁知道呢？我惊，说，树也会想心事吗？老乡很肯定地说，会。如果它想活，它就会活。

我把"鸡毛掸子"种在了园子里，挖了一个很大的坑，浇了很多的水。先生说，根须已经折断了大部，根本就用不了这么大的坑，又不是要埋一个人，水也太多了，好像不是种树，是蓄洪。我说，坑就是它的家，水就是它的粮食。我希望它有一份好心情。

种下苹果树之后的两个月，我一直四处忙，没时间到乡下去。当我再一次推开园子的小门，看到苹果树的时候，惊艳绝倒。苹果树抽出几十根长长短短的枝条，绿叶盈盈，在微风中如同千手观音一般舞着，曼妙多姿。

我绕着苹果树转了又转，骇然于生命的强韧，甚至不敢去抚摸它紫青色的树干，唯恐惊扰了这欣欣向荣的轮回。此刻的苹果树在我眼中，非但有了心情，简直就有了灵性。

当我看到云南个旧市老阴山上的文学林的时候，知道自己又碰上了一群有灵性的树。1983年的春天，丁玲、杨沫、白桦、茹志娟、王安忆等二十多位作家，在这里种下了树。21年过去了，我看到一棵高高的杉树，上面挂着一块铭牌，写着"李乔"。李乔是位彝族作家，已然仙逝。我没缘分见到他本人，但我看到了他栽下的树。以后当我想起他的时候，记不得他的音容笑貌，但会闪现出这棵高大的杉树。李乔已经把生命的一部分嫁接到杉树的枝叶里，这棵杉树从此有了自己的名姓。

也许是考虑到每人一棵树，不一定能保证成活，也不一定能保证多少年后依然健在，这次聚会，栽树的仪式改为大家同栽一棵树。这是一棵很大的树，枝叶繁茂。我也挤在人群中扬了几锹土，然后悄悄问旁人，这是一棵什么树？

是棕树的一种，国家二类保护树种呢！工作人员告诉我。

这棵树能活多少年呢？我又追问。

这个……不大清楚，想来，一百年总是有的吧。工作人员沉吟着。

我看着那棵新栽下的棕树，心想不管它的寿命多么长久，总有凋亡的那一天。也许是被雷火劈中，也许是被山洪冲毁，也许是被冰霜压垮，也许是被盗木者砍伐……总之，一棵树也像一个人一样，有无数种死法，总之是不会永远长青的。

在栽树的时候，去谋划一棵树的死亡，这近乎刻毒了。我不想诅咒一棵树。鉴于一个人总是要死的，人们寄希望于那些比个体生命更悠远的事物。但一棵树也是会死的，即使像我捡来的苹果树那样顽强且有好心情的树，也是会死的。既然树木无望，我们只有寄托于精神的不灭。

一个人是活不过一棵树的，然而再古老的树也有尽头。在所有树的上面，飞翔着我们不灭的精神，而文学是精神之林的一片红叶。

拍卖 你的生涯 30

朋友参加过一堂很别致的讲座，对我详细地描绘了一番。

讲座叫作《拍卖你的生涯》。外籍老师发给每人一张纸，其上打印着数十行字。

1. 豪宅

2. 巨富

3. 一张取之不尽、用之不竭的信用卡

4. 美貌贤惠的妻子或英俊博学的丈夫

5. 一门精湛的技艺

6. 一座小岛

7. 一座宏大的图书馆

8. 和你的情人浪迹天涯

9. 一个勤劳忠诚的仆人

10. 三五个知心朋友

11. 一份价值 *50* 万美元并每年可获得 *25%* 纯利收入的股票

12. 名垂青史

13. 一张免费旅游世界的机票

14. 和家人共度周末

15. 直言不讳的勇敢和百折不挠的真诚

…………

　　大家先是愣愣地看着这些项目，之后交头接耳地笑，感觉甚好。本来嘛，全世界的美事和优良品质差不多都集中在此了。

　　老师拿起一只小锤子，轻敲讲台，蜂房般的教室寂静下来。老师说（他能讲不很普通的普通话），我手里是一只旧锤子，但今天它有某种权威——暂时充当拍卖锤。我要拍卖的东西，就是在座诸位的生涯。

　　课堂顿起混乱。生涯？一个叫人生出沧桑和迷茫的词语。我们大致明白什么是生存，什么是生活，但很不清楚什么是生涯。我们只是一天天随波逐流地过着，也许 70 岁的时候才恍然大悟，生涯已在朦胧中渐近尾声了。

　　老师说，一个人的生涯，就是你人生的追求和事业。它可以掌握在你自己手中。性格就是命运。生涯从属于你的价值观。通常当人们谈到生涯的时候，总觉得有太多的不可把握性埋藏在未知中。其实它并非想象中那般神秘莫测。今天，我想通过这个游戏，让大家比较清晰地看到自己的爱好，预测自己的生涯。

大家听明白了，好奇地跃跃欲试。

我相信在每一个成人的内心深处，都潜伏着一个爱做游戏的天真孩童，只不过随着时光流逝，蒙上了世故的尘土。

成年以后的我们，远离游戏，以为那是幼稚可笑的玩闹。其实好的游戏，具有启蒙人的智慧，通达人的思维，启迪人的感悟，让人反省的力量。当我们做游戏的时候，就更接近了真我。

老师说，我现在象征性地发给每人 1000 元钱，代表你一生的时间和精力。我会把这张纸上所列的诸项境况裁成片，一一举起，这就等于开始了拍卖。你们可以用自己手中的积蓄购买这些可能性。100 元钱起叫，欢迎竞价。当我连喊三次，无人再出高价的时候，锤子就会落下，这项生涯就属于你了。注意，我说的是可能性，并非是真正的事实。它的意思就是——你用 999 元竞得了豪宅，但并不等于你真的拥有了仙境般的别墅，只是说你将穷尽一生的精力来为自己争取。相信只要你竭尽全力，把目标当成整个生涯的支撑点，实现的可能性甚大。

教室里的气氛，骚动之后有些沉重。这游戏的分量举轻若重，它把我们人生的繁杂目的约分并形象化了——拼此一生，你到底要什么？

老师举起了第一项拍卖品——拥有一座小岛。起价 100 元。

全场寂静。一座小岛？它在哪里？南半球还是北半球？大西洋还是太平洋？面积多少？人口多少？有无石油和珊瑚礁？风光怎样？

疑声四起，大家迫切希望老师提供更详尽的资料，关于那座小岛，关于风土人情。老师一脸肃然，坚定地举着那个纸片，拒绝做更进一步地解说。

于是，我们明白了。小岛，就是小小的、普普通通的一座无名岛。你愿不愿以一生作赌，去赢得这块海洋中的绿地？

终于，一个平日最爱探险、充满生命活力的女生大声地喊出了第一个竞价——我出 200！

一个男生几乎是下意识地报出：500！他的心思在那一瞬很简单，买下荒凉岛屿这样的事就该是男子汉干的。

但那名个子不高、意志顽强的女生志在必得，她涨红着脸，一下子喊出了……1000！

这是天价了。每个人只有 1000 元钱的贮备，也就是说，她已下定以毕生的精力赢得这座小岛的决心，别的人只有望洋兴叹了。

那个男生有些悻悻地说，竞价应该一点点攀升，比如，她要出 600，我喊 700……这样也可给别人一个机会。

老师淡然一笑说，我们只是象征性地拍卖，所以可能不合规矩。大家要记住，生涯也如战场，假如你已坚定地确认了自己的目标，就紧紧锁定它。机遇仿佛闪电。

大家明白了竞争的激烈，肃静中有了潜藏的紧迫感和若隐若现的敌意。

拍卖的第二项是美貌贤惠的妻子或英俊博学的丈夫。

我原以为此项会导致激烈的竞拍，没想到一时门可罗雀，也许因为它太传统和古板。被其他更刺激的生涯吸引，大伙儿不愿在刚开场不久就把自己的一生交付伴侣的怀抱。好在和美的家庭终对人有不衰的吸引力，在竞争不激烈的情形下，被一位性情温和的男子以 700 元买去。

我把指关节攥得紧紧的，如果真有一沓钞票，大概会滴下浑浊的水来。到底用这唯一的机会买回怎样的生涯？扒拉一下诸样选择，自己属意的栏目有限，和同志们所见略同也说不准。定谋贵决，一旦确立了自己的真爱，便要直捣黄龙，万不可游移吝惜。要知道，拍的过程水涨船高步步为营。倘稍一迟缓，被他人横刀夺爱，就悔之莫及了。

拍到"取之不尽、用之不竭的信用卡"时，引起空前激烈的争抢。聪明人已发现，所列的诸项某些外延是交叉的，可互相替代。有同学小声嘀咕，有了信用卡，巨富不巨富的也不吃紧了，想干什么，还不如探囊取物？于是信用卡成了最具弹性和热度的饽饽。一时群情激昂，最后被一位奋勇女将自重围中掳走。

其后的诸项拍卖，险象环生。有些简直可以说是个人价值取向甚至秘密的大曝光。一位众人眼中极腼腆内向的男同学，取走了免费旅游世界的机票，让人刮目相看。一位正在离婚风波中的女子选择了和情人浪迹天涯，于是有人暗中揣测，她是否已有了意中人？一位手脚麻利、助人为乐的同学，居然选了勤快忠诚的仆人，让全体大跌眼镜。细一琢磨，可能他总当一个勤快人已经厌烦，但又无力摆脱这约定俗成的形象，出于补偿的心理，干脆倾其所有买下对另一个人的指挥权吧。一旦咀嚼出这选择背后的意味，旁观者就有些许心酸。

一位爱喝酒的同人一锤定音买下了"三五个知心朋友"，让我在想象中立即狠狠捆了自己一掌。从前，我劝过他不要喝那么多的酒，他笑说，我喜欢和朋友在一起。我不死心，便再劝，他却一直不改。此番看了他的选择，我方晓得朋友在他的心中如此重要。我决定，该闭嘴时就闭嘴吧。

光顾着看别人的收成，差点耽误了自己地里的活计。同桌悄悄问，你到底打算买何种生涯？

我说，没拿定主意啊。我想要那座图书馆。

同桌说，傻了不是？我看你不妨要那份价值50万美元且年年递增25%的股票，要知道这可是一只会下金蛋的火鸡。只要有了钱，什么图书馆置办不出来呢？你要把图书馆换成别的资产就很困难了。如今是信息时代，资料都储藏在光盘里，整个大英博物馆也不过是若干张碟的事。图书馆是落后的工业时代的遗物了……

他话还没说完，老师举起了新的一张卡片。他见利忘友，立刻抛开我，大喊了一声，嘿，这个我要定了。1000！

我定睛一看，他倾囊而出购买回来的是一门精湛的技艺。

我窃笑道，你这才是游牧时代的遗物呢，整个一小农经济。

他很认真地说，我总记着老爸的话，家有千金，不如一技在身。

我暗笑，哈，人啊，真是环境的产物。

好了，不管他人瓦上霜了，还是扫自己门前雪吧。同桌的话也不无道理。有了足够的钱，当然可以买下图书馆或是任何光碟。但你没有这些钱之前，你就干瞪眼。钱在前，还是图书馆在前，两者便有了原则的不同。我愿自己在两鬓油黑、耳聪目明之时，就拥有一座窗明几净、汗牛充栋、庭院深深、斗拱飞檐的图书馆。再说，光碟和图书馆哪能同日而语？我不仅想看到那些古往今来的智慧头脑留下的珍珠，还喜欢那种静谧幽深的空间和气氛，让弥漫在阳光中的纸张味道鼓胀自己的肺……这些，用钱买来的新书和光碟仿得出来吗？

正这样想着，老师举起了"图书馆"，我也学同桌，破釜沉舟地大喊了一声，1000！

于是，宏大的图书馆就落到了我的手中。那一刻，虽明知是个模拟的游戏，心中还是扩散起喜悦的涟漪。

拍卖一项项进行下去，场上气氛热烈。我没有参加过实战，不知真正的拍卖是怎样的程序，但这一游戏对大家心灵的深层触动是不言而喻的。

当老师说"游戏到此结束"时，教室一下静得不可思议，好像刚才闹哄哄的一干人都吞炭为哑或羽化成仙去了。

老师接着说，有人也许会在游戏之后，思索和检视自己，有了惊讶的发现和意外的收获。有一个现象，不知大家发现没有，有三项生涯，当我开价100元之后没有人应拍，也就是说不曾成交。这种卖不出去的物品，按规矩是要拍卖行收回的。但我决定还是把它们留下。也许你们想想之后，还会把它们选作自己的生涯目标。

这三项是：

1. 名垂青史

2. 和家人共度周末

3. 直言不讳的勇敢和百折不挠的真诚

同学大眼瞪小眼，刚才都只专注于购买各自的生涯，不曾注意被冷落的项目，听老师这样一说就都默然了。

我一一揣摩，在心中回答老师。

和家人共度周末。

老师别恼。不曾购买它作为自己的生涯，原因可能是多方面的。有人以为这是很平淡的事，不必把它定作目标。凡夫俗子们估摸着自己就是不打算和家人共度周末也没有什么地方可去。一件被迫的、几乎命中注定的事，何必要选择？还有的人是一些不愿归巢的鸟，从心眼儿里不打算和家人共度周末。现今只有没本事的人才和家人共度周末，有本事的人是专要和外人度周末的。

青史留名？

可叹现代人（当然也包括我）对史的概念已如此脆弱。仿佛站在一个修鞋摊子旁边，只在乎立等可取，只在乎急功近利。当我们连清洁的水源和绵延的绿色都不愿给子孙留下的时候，拥挤的大脑中如何还存得下一块森严的石壁，以反射青史遥远的回声？

勇敢和真诚？

它固然曾经是人类骄傲的源泉，但如今怯懦和虚伪，更成了安身立命的通行证。预定了终生的勇敢和真诚，就把一把利刃悬在了颅顶，需要怎样的坚忍和稳定？我们表面的不屑是因为骨子里的不敢。我们没有承诺勇敢的勇气，我们没有面对真诚的真诚。

游戏结束了，不曾结束的是思考。

在弥漫着世俗气息的"我"之外，以一个"孩子"的视角重新剖析自己的价值观和生存质量，内心就有了激烈的碰撞和痛苦的反思。

在节奏纷繁的现代社会里，我们一天忙得视丹成绿，很难得有这种省察自我的机会，这一瞬让我们返璞归真。

人生的重大决定，是由心规划的，像一道预先计算好的轨道，等待着你的星座运行。如果期待改变我们的命运，请首先改变心的轨迹。

31 指纹状的菌落

那时我是一个年轻的实习医生。在外科做手术的时候，最害怕的是当一切消毒都已完成，正准备戴上手套，穿上洁白的手术衣，开始在病人身上动刀操练，突然从你的身后，递过来一只透明的培养皿。护士长不苟言笑地指示道，你留个培养吧。这是一句医学术语，解释成大众的语言就是——用你已经消完毒的手指，在培养基上抹一下。然后护士长把密闭的培养皿送到检验科，在暖箱里孵化培养。待到若干时日之后，打开培养皿，观察有无菌落生长，以检查你在给病人手术前，是否彻底消毒了你的手指。如果你的手不干净，就会在手术时把细菌带进腹腔、胸腔或是颅脑，引起感染。严重时会危及病人的生命。

我很讨厌这种抽查。要是万一查出你手指带菌，多没面子！于是我消毒的时候就格外认真。外科医生的刷手过程，真应了一句西谚：在碱水里洗三次。先要用硬毛刷子蘸着肥皂水，一丝不苟地直刷到腋下，直到皮肤红到发痛，再用清水反复冲洗，恨不能把你的胳膊收拾得像一根搓掉了皮、马上准备凉拌的生藕。然后整个双臂浸泡在百分之七十五的酒精桶里，度过难熬的五分钟。最烦人的是胳膊从酒精桶里拔出后，为了保持消过毒的无菌状态，不能用任何布巾或是纸张擦拭湿淋淋的皮肤，只有在空气中等待它们渐渐晾干。平日我们打针的时候，只涂一小坨酒精，皮肤就感到辛凉无比。因为酒精在挥发的时候，带走了体内的热能，是一种强大的物理降温过程。现在我们的上肢大面积裸露着，假若是冬天，不一会儿就冻得牙齿鼓点一般叩个不停。

更严格的是，在所有过程中，双臂都要像受刑一般高举着，无论多么累，都不能垂下手腕，更严禁用手指接触任何异物。简言之，从消毒过程一开始，你的手就不是你的手了，它成了一件有独立使命的无菌工具。

我的同学是一位漂亮的女孩，她的手很美，鸡蛋清一般柔嫩，但在猪毛刷子日复一日的残酷抚摸下，很快变得粗糙无光。由于酒精强烈的脱脂作用，手臂也像枯树干，失去了少女特有的润泽。单看上肢，我都像一个老太婆了。她愤愤地说。

以后的日子里，她洗手的时候开始偷工减料。比如该刷三遍，她一遍就草草过关。只要没人看见，她就把白皙的胳膊从酒精桶里解放出来，独自欣赏……有一天，我们正高擎双手，像俘虏兵投降一样傻站着，等着自己的臂膀风干时，她突然说，我的耳朵后边有点痒。

这是一件小事，但对此时的我们来说，却是一件很难办的事。

消过毒的手已被管制，我俩就像卸去双臂的木偶，无法接触自己的皮肤。按照惯例，只有呼唤护士，烦她代为搔痒。因手术尚未开始，护士还在别处忙，眼前一时无人。同学说痒得不行，忍不了。我说，要不咱们俩像山羊似的，脑袋抵着脑袋，互相蹭蹭？她说，我又不是额头痒，是脖子下面的凹处，哪里抵得着？我只好说，你就多想想邱少云吧。同学美丽的面孔在大口罩后面难受得扭歪了。突然，可能痒痛难熬，她电光石火地用消过毒的手，在自己耳朵后面抓了一把。

我惊愕得说不出话来，几乎不相信自己的眼睛。正在这时，护士长走了进来，向我和同学伸出了两个细菌培养皿……

其实事情在这个份儿上，还是可以挽救的。同学可以直率地向护士长申明情况，说自己的手已经污染，不能接受检验。然后再重复烦琐的洗手过程，她依旧可以正常参加手术。但她什么也没有说，哆哆嗦嗦地探出手指，在培养基上捺了一下……那天是一个开腹手术，整个过程我都恍惚不安，好像自己参与了某种阴谋。

病人术后并发了严重的感染，刀口溃烂腐败，高烧不止，医护人员陷入紧张的治疗和抢救。经过化验，致病菌强大而独特。它是从哪里来的呢？老医生不止一次面对病历自言自语。过了几天，手术者的细菌培养结果出来了，我的同学抹过的培养基上，呈现出茂密的细菌丛，留下指纹状的菌落阴影，正是引致病人感染的险恶品种。

那一刻，我的同学落下一串串眼泪。由于她的过失，病人承受了无妄之灾。她的手在搔痒的时候，沾染了病菌，又在手术过程中污染了腹腔，酿成他人巨大的痛苦。

病人的命总算挽救回来了，但这件事被我牢牢地记在心里，不敢忘怀。

随着年岁渐长，我从中悟出了许多年轻时忽略的道理。

首先是感染和腐败几乎是一种必然。牛奶放在那里，不加温不冷冻，随它去，就一定会变酸发臭。没有特殊的防腐措施，想在常温下保持牛奶的新鲜品质，是痴人说梦。铁会生锈，木头会腐烂，水面布满青苔，密闭的房屋长毛生霉，空气发出臭鸡蛋的味道……腐败几乎是无处不在，见缝下蛆。我那个同学只用手搔了一下耳后，千真万确，仅此一下，病菌潜伏到了她的手上，播种到手术刀口里，就引发了恶劣后果。细菌的生命力和感染力，真是不可思议地强大，任何侥幸心理都是万万要不得的。

二是防感染和腐败的措施，只要认真执行，是一定有效的。凡是认真执行了刷手要诀的人，每次细菌培养就都是阴性，他们的手术后感染率几乎是零。感染和腐败不是不可战胜的，只要有了切实可行、行之有效的措施，严格地执行用鲜血换来的经验教训，腐败和感染可以被制伏。

三是同样的致病菌，每个人的抵抗力不同，结局也就有天壤之别。潜伏在同学耳朵旁的细菌，肯定已在她身上生存多时，相安无事。可是移植到了病人身上，就引发了骇人的后果，盖因彼此的素质不同，结果也就因人而异。同学是正常人，有良好的防御系统，所以病菌伤害不了她。但开刀的病人就不同了，自身抵抗力薄弱，雪上加霜，

差点要了性命。当然我这样说，并不是要求病榻上的人要有运动健
将一般的体魄，只是说加强自身的防御系统，是抵御病菌最有效的
武器。一个人遭受细菌的感染不可避免，但有了足够的准备，即使
敌人侵入，也可以在最短的时间内将其歼灭。

最后是要找到一个黄金般的点。应该说抗感染的杀菌药物是十
分有效的，医生把致病的细菌培养出来，它就成了靶子。把各种抗
菌药物，以不同的浓度加到培养皿里，观察哪种药物杀菌最有效，
然后对症下药，把病菌最敏感的药物压下去，力争在最短的时间里，
取得胜利。记得老医生总是很仔细地计算用药的剂量，根据病情，
反复测算。我看得不耐烦，说搞这么复杂干什么，不是治病救人吗，
当然剂量越大效果越好。老医生说，任何药物都是有毒性的，正是
为了治病救人，才要找到一个最恰当的剂量，既干净彻底地消灭了
病菌，又最大限度地保护挽救病人，这是一门艺术。一个好医生的
职责，就是要找到这个像黄金分割率一般宝贵的结合点……

我记住了他的话，但更深刻地领悟它，却是在年岁渐长，看到
了许多医学领域以外的问题之后。

病菌和微生物向我们撒下天罗地网，由它们引致的感染与腐败，
每日每时都在发生。和形形色色的腐败菌做斗争，也许将贯穿经济
和政治生活的整个历史。我们将会有更优秀的医生，我们将会有更
强大的药品，我们将会有更严格的消毒手段，但加强自身的抵抗力，
永远是最重要的。在旷日持久的战斗中，不断地完善自己、修复自己，
人类才会保持蓬勃的生命力，欣欣向荣。

早年的卫生间只在壁上刷点白灰，像个从溪流里站起来的裸孩儿，斜披着毛巾。如今的房子，厨卫是重点，你再不讲究，也要贴上瓷砖才能说得过去。

到建材市场挑选瓷砖，成了装修的必修课。砖铺像丝绸店，满眼花色闪闪烁烁，不知该挑哪一种好。顾图案更要看价钱，很快你就发现，精美瓷砖是没有止境的，但钱包是有大小的。到了最后，演变成先看价钱再定花色，流程进入量体裁衣、看米下锅的局面。为了选瓷砖，我和丈夫甚至破了不当着外人争执的约定，不止一次吵得面红耳赤。一旁的店员漠然立着，连好奇的神色都不屑流露，想来因瓷砖而起的硝烟，她已见惯不怪。

关于购买何种瓷砖，好不容易统一了意见，分歧又再次出现了。要不要花砖？要不要腰线？

花砖是成套瓷砖的点睛之笔。瓷砖是淡绿调子的，花砖可能就是一丛披头散发的翠竹。瓷砖是棕黄调子的，如果是厨用，花砖上就有深驼色的咖啡杯盏，有袅袅的白气升起。如果是卫浴用，可能绘有几间木屋一丛野花，或许还有蜜蜂……有款砖叫作"海洋之心"，花砖镶着大朵的蔚蓝色椭圆形玻璃，假扮那块长眠在深海之下的无价钻石。

更讲究的花砖像是一部有头有尾的小说呢。一款叫作"爱情鸟"的瓷砖，花砖就有几种格局。一块是两只水鸟相依为命，耳鬓厮磨的。这好理解，新婚燕尔啊。再一块就是三只鸟左顾右盼呼朋引伴的。这多出来的鸟，可不是什么非法闯入者，而是大鸟们辛辛苦苦孵出的小鸟。不知这两幅是不是全本，依此推下去，还可演变出多款情节。比如，三只鸟展翅飞翔，四只鸟组成团队……

花砖之外，还有腰线。腰线并不像它的名字那样谦逊，它不是一条简单的线，而是由很多块精巧的长方形瓷砖连接而成的瓷砖带，缠绕在整壁瓷砖的中段。

腰线是缩小了的花砖，有图案，甚至也有情节。比如，上面说到的"爱情鸟"，腰线就是一只小鸟破壳而出，茸茸的羽毛和残缺的蛋壳，把爱情和繁衍拴在了一起。

腰线不便宜。瓷砖和瓷碗该是近邻吧？瓷碗是有曲线的，瓷砖却是完全不曾发育的平板，但一块腰线比一个普通的饭碗要值钱很多。腰线是很团结的，你不可能只贴一块，它们有着一荣皆荣一损俱损的气节。围着墙手拉手形成包围圈，统算下来，会吓得你的钱包一抖。若不镶，就一块都不能上，瓷砖的拼缝才能妥当。饭碗是生活的必需，而腰线则是锦上添花可有可无的，带着些许孤芳自赏的奢侈。

母亲的新房子，割舍了所有的腰线。按说这点钱还是有的，但母亲坚决不肯，说有没有腰线是一样的，不花这个冤枉钱。

然而，有没有腰线是不一样的。就像上面说的"爱情鸟"，省去了雏鸟啄破蛋壳的那一幕，花砖上的两只鸟很突兀地变成了三只鸟，常常叫人疑心那小鸟的来历，甚至误会这是另外的一家了。"海洋之心"的腰线是一圈蓝白相间的"小钻石"，仿佛一挂悬垂的珠链。取消之后，墙壁上半截的莹白和下半截的蔚蓝，生硬地焊接在一起，丧失了柔和的过渡。孤零零的"巨钻"没来由地在白瓷板中闪烁，像一只莫名其妙的怪眼。

我觉得自己对不起母亲的新居，推而广之也对不起腰线。终于有一天，有了补偿的机会。我路过一家店铺，看到大肆甩卖腰线。腰线的图案是很耀眼的玫瑰花蕾，夹杂着点点的金红，绮丽而烂漫。我不假思索地买了很多腰线，辛辛苦苦地搬回家，才面对一个严峻的问题——这些腰线嵌在哪里？

腰线是美丽的，但许多腰线聚集在一起，除了让人眼花缭乱，就是安置它们的焦灼了。如同皮带是用最好的牛皮制造的，但你面对一堆皮带时，既不能把它们缝制成皮鞻，也不能敲打成皮鞋。

失去了烘托和陪衬的腰线，也散失了精彩和雅致，剩下的是纷乱和拥挤。楼梯下有一间楔形的小房子，别家把它改造成了狗舍，我家堆积着杂物。早先一直是水泥墁地，如今我把腰线密集地砌在那里，闪闪花蕾只好在尘埃下皱缩。

　　我看到过一条关于人才的定律，说全由极高智商的人组成的团队，那效率和智慧却并非最高，反倒不如人才的阶梯状组合，方能发挥出最好的效力。仿佛腰线，顾名思义，只能是一面素墙美丽的统帅，而不能铺陈得漫山遍野。

33 你不能要求没有风暴的海洋

痛苦和磨难是人生不可分割的一部分。只有接受这一事实，我们才能超越它，更加看清生命的意义。

你说你不要这些苦难，那么生命也就失去了框架。很多自杀的人，就是因为没有理会这种意义，一厢情愿地认为生命是应该只有甘甜没有挫败的。特别是在恋爱早期，那种汹涌的荷尔蒙带来的欢愉，让人把激情当成了常态。生命的常态，其实就是平稳和深邃，还有暗流。在最深刻的层面，我们不单与别人是分离的，而且与世界也是分离的，兀自踽踽前行。

生命的每一步都带着人们向死亡之境跌落，不要存在幻想，这才让你比较持久稳定，安然地居住在孤独中，胸中如有千沟万壑、千军万马。只有接受这一事实，我们才能超越死亡，腾起在空中，看清生命的意义。

有一次，到沙漠中间的一个城市去，临行之前和当地的朋友联络。她不停地说，毕老师，你可要做好准备啊，我们这里经常是黄沙蔽日。

不过，这几天天气很不错，只是不知道它能不能坚持到你到来的那一天。

我有点纳闷儿。虽然人们常常说，"您的到来带来了好天气"，或者说，"天气也在欢迎您呢"，谁都知道，这是典型的客套。个体的人是多么渺小啊，我们哪里能影响到天气！

不过这位朋友反复地提到天气，还是让我产生了好奇。我说，不管好天气还是坏天气，我们都不能挑选。天气是你们那里的一部分，就是黄沙蔽日，也是你们的特色啊。

说者无意，听者有心。后来，这位朋友对我说，她听了我的话，就放下心来。我很奇怪，因为自觉这番话里，并没有多少劝人安心的含义啊。她说，我们这里天气多变，经常有朋友一下飞机就抱怨，闹得主客都很尴尬。

我说，坏天气也是大自然的一部分，就像每个人的生命中都必定会下雨，某些日子势必黑暗又荒凉。就像你不可能总是吃细粮，那样你就可能会得大肠癌，你一定要吃粗纤维。坏天气、悲剧、死亡、生病，都是生命中的粗纤维，我们只有安然接纳。

你不可能要求一个没有风暴的海洋。那不是海，是泥潭。

在南太平洋的岛屿中，飞翔着一种有着动听鸣叫的美丽小鸟，叫作莺鸟，它们长着形色各异的喙。岛屿上物产丰富的日子，莺鸟们靠吃多种草籽为生，活得优哉游哉。

但是，饥馑来了。干旱袭击了岛屿，整个大地好像是刚刚凝固的炽热火山，赤红的土地，看不到一丝绿色。

科学家找到一些从前研究过的莺鸟，它们的腿上拴着铁环。观测结果发现，莺鸟们的体重大减，挣扎在死亡线上。原因是食物奇缺，能吃的都吃光了，唯一剩下的是一种叫作蒺藜的草籽。它浑身是锋利的硬刺，锐不可当。在深深的内核里隐藏的种仁，好像美味的巧克力封死在铁匣中。

蒺藜还有一个名字叫作铁星，象征着难以攻克。拉丁文的意思是"挤压和疼痛"。

莺鸟用自己柔弱的喙，啄开一粒铁星，先要把它顶在地上，又咬又扭，然后顶住岩石，上喙发力，下喙挤压，直到精疲力竭才能把外壳拧掉，吃到活命的粮草。

　　岛上开始了残酷的生存之战。没有刀光剑影，唯一的声音就是嗑碎蒺藜的噼啪声。很多莺鸟饿死了，有些顽强地生存下来。科学家想，生和死的区别在哪里呢？

　　经过详尽研究，喙长 11 毫米的莺鸟，就能够嗑开铁星，而喙长 10.5 毫米的莺鸟，就望"星"兴叹，无论如何都叩不开生命森严的大门。

　　0.5 毫米之差，就决定了莺鸟的生死存亡。在丰衣足食的时候，一切都被温柔地遮盖了，但月亮并不总是圆的，事物的规律跌宕起伏。

　　我猜想，那些饿死的莺鸟在最后时分，倘能思索，一定万分后悔自己为什么没能生就一枚长长的利喙！短喙的莺鸟，是天生的，它们遭到了大自然无情地淘汰。但人类的喙——我们思维的强度，历练的经验，广博的智慧，强健的体力，合作的风采，幽默的神韵……却是可以在日复一日的积累中，渐渐地磨炼增长，成为我们度过困厄的支柱。

一家很有名的制造商，产品从服装到化妆品到无数精美的饰品。

一天，商家召开盛大的产品推销会，其中最有趣的项目是——造就绅士。他们聘用的高级美容师，从城市最肮脏的角落，找到了一个身材高大的流浪汉，衣衫褴褛，面容晦暗。美容师先给他拍了照片，存档以观后效。接着便用芬芳的沐浴露和洗发液为他冲沐理发，用名牌剃须泡给他刮胡子，敷上一层又一层含有药物成分的润肤品、面霜和眼霜……打理完毕后，根据他的身高和肤色，选配了最适宜的衬衣、西装、领带，甚至还有一根很棒的手杖和一顶昂贵的帽子……

于是，众目睽睽之下，这个穷困潦倒颓败已极的莽汉，被商家的产品包装一新，成了仪表堂堂的绅士。在场的人叹为观止，公司的销售额飙升。

会后，某经理决定雇用这名容光焕发的绅士，约他第二天早晨报到，绅士点头答应了。但是，第二天早上，绅士没有来。经理决定耐心等下去，第三天、第四天……绅士还是没来。经理就去流浪汉聚集的地方，终于找到了他。

绅士脸上长出了白而短的乱须，身上散发着恶浊的气味，西服、领带以及华美的帽子全不见了，或许被他换了酒喝。此刻，他醉醺醺地躺在垃圾箱旁，只有那根手杖还枕在头下。

经理把他叫醒，说，美容师改变了你的外貌，但是他没有改变你的内心。所以，你还是你啊。现在，你乐意跟我走吗？

流浪汉站起身，跟着经理走了。后来，他终于从里到外成了新人。

改变一个人的外貌，也许几个小时就够了。美容师没有错，但改变一个人的精神，绝不是化妆品和纺织品能够胜任的。只有劳动和信仰，才能真正改变我们。

　　青年时代，我曾经有一段时间是一个悲观主义者，这也许是和我在西藏高原的经历有关。高原太辽阔了，人力太渺小了。雪峰太久远了，人生太短暂了。有时真是生出无尽的悲哀，觉得奋斗有什么用呢？百年之后，不还是一抔黄土？一个人的力量太微薄了，太平洋不会因为一杯沸水的倾倒而升高温度，这杯水却永远地消失了。

　　后来，我知道这种看世界的角度，被哲学家称为"银河"或"星云之眼"。从这个位置来看，我们和目所能及的所有生物都是微不足道，一切奋斗都显得荒凉和愚蠢，结局和发展都充满了不可言说的荒谬。一个人，和一只蚂蚁、一条蛆虫没有任何分别。从星云和银河的角度来看，人类轻渺如烟、无足挂齿。

　　这只眼振振有词，在逻辑上几乎是无懈可击的。你若真要遵循了这只眼的视角，会从根本上使生命枯萎凋落。

　　一些好高骛远的人，在遭受失败的时候，会拾起这只眼为自己开脱。因为所有的努力和不努力都混为一谈，他的失败也就顺理成章。

一些胸无大志的人，在沉沦和荒靡的时刻，会躲在这只眼后面为自己寻找借口。因为一切都在虚无中，他荒废的光阴也就有了理论支点。一些游戏人生放弃光明的人，在黑暗中也眨巴着这只眼，似乎一切都是梦，清醒和昏迷并无分别……

你不要小看了这看似遥远而又神秘的星云之眼，如果你长期用这只眼注视世界，就会不由自主地灰心丧志。持久地沉浸其中，还有可能放弃生命。当我们从生活中抽离，成为袖手旁观的旁观者时，所有世俗的欢快和目标，就变得轻如鸿毛。

闭阖星云之眼吧。因为那不是你的位置，那是神的位置。摒弃那高处不胜寒的孤寂，回到充满生机又复杂多变的人间吧。僭越是危险的，我们今生为人，是一种福气。珍惜我们明察秋毫的双眼，可以仰视星空，却不要让自己轻飘飘地飞起来，到达星云的高度。那里，据说很冷，很黑，很荒凉。

那些让我们感到有内涵、有勇气、有坚持力的人，我坚信他们是有理想的。人很怪，只有理想这种东西，才能够提供源源不断的动力。

没有一棵小草
自惭形秽

被人邀请去看一棵树，一棵古老的树。大约有五千年的历史，已被唐朝的地震弯折了腰，半匍匐着，依然不倒，享受着人们尊敬的注视。

我混在人群中直着脖子虔诚地仰望着古树顶端稀疏的绿叶，一边想，人和树相比是多么渺小啊。人生出来，肯定是比一粒树种要大很多倍，但人没法长得如树般伟岸。在树小的时候，人是很容易就把树枝包括树干折断，甚至把树连根拔起，树就结束了生命。就算是小树长成了大树，归宿也是被人伐了去，修成各种各样实用的物件。长得好的树，花纹美丽，木质出众，也像美女一样，红颜薄命，被人劫掠的可能性更大，于是很多珍贵的树种濒临灭绝。在这一点上，树是不如人的。美女可以人造，树却是不可以人造的。

树比人活得长久，只要假以天年，人是绝对活不过一棵树的。树并不以此傲人，爷爷种下的树，照样以累累果实报答那人的孙子或是其他人的后代。

通常情况下，树是绝对不伤人的。即便如前几天报上所载一些村民在树下避雨，遭了雷击致死，那元凶也不是树，而是闪电，树也是受害者。人却是绝对伤树的，地球上森林数量的锐减就是明证，人成了树的天敌。

树比人坚忍。在人不能居住的地方，树却裸身生长着，不需要炉火或是空调的保护。树会帮助人的，在饥馑的时候，人扒过树的皮以充饥，我们却从未听到过树会扒下人的什么零件的传闻。

很多书籍记载过这棵古树，若是在树群里评选名人的话，这棵古树一定是名列前茅了。很多诗人词人咏颂过这棵古树，如果树把那些词句都当作叶子一般披挂起来，一定不堪重负。唐朝的地震不曾把它压倒，这些赞美会让它扒在地上。

树的寿命是如此长久，居然看到过妲己那个朝代的事情。在我们死后很多年，这棵古树还会枝叶繁茂地生长着。一想到这一点，无边的嫉妒就转成深深的自卑。作为一个人活不了那么久远，伤感让我低下头来，于是我就看到了一棵小草，一棵长在古树之旁的小草。只有细长的两三片叶子，纤细得如同婴儿的睫毛。树叶缝隙的阳光打在草叶的几丝脉络上，再落到地上，阳光变得如绿纱一样轻盈了。

这样一株柔弱的小草，在这样一棵神圣的树底下，一定该俯首称臣、毕恭毕敬了吧？我竭力想从小草身上找出低眉顺眼的谦卑，最后以失望告终。这棵不知名的小草，毫无疑问是非常渺小的。就寿命计算，假设一岁一枯荣，老树很可能见过小草五千辈以前的祖先。就体量计算，老树抵得过千百万小草集合而成的大军。就价值来说，人们千里万里路地赶了来，只为瞻仰老树，我敢肯定，没有一个人是为了探望小草。

既然我作为一个人，都在古树面前自惭形秽了，小草你怎能不顶礼膜拜？我这样想着，就蹲下来看着小草。在这样一棵历史久远、声名卓著的古树身边为邻，你岂不要羞愧死了？

小草昂然立着，我向它吐了一口气，它就被吹得蜷曲了身子，但我气息一尽，它就像弹簧般伸展了叶脉，快乐地抖动着。我再吹一口气，它还是在弯曲之后怡然挺立。我悲哀地发现，不停地吹下去，有我气绝倒地的一刻，小草却安然。

草是卑微的，但卑微并非指向羞惭。在庄严的大树身旁，一棵微不足道的小草都可以毫不自惭形秽地生活着，何况我们万物灵长的人类！

每只小狗 都有一个目标 | 38

有一对夫妇有两个孩子，一个叫莎拉，一个叫克里斯蒂。当孩子还小的时候，父母决定为他们养一只小狗。小狗抱回来以后，他们想请一位朋友帮忙训练这只小狗。他们搂着小狗来到朋友家，安然坐下，在第一次训练前，女驯狗师问："小狗的目标是什么？"夫妻俩面面相觑，很是意外，他们实在想不出狗还有什么另外的目标，嘟囔着说："一只小狗的目标？那当然就是当一只狗了。"女驯狗师极为严肃地摇了摇头说："每只小狗都得有一个目标。"

夫妇俩商量之后，为小狗确立了一个目标——白天和孩子们一道玩，夜里要能看家。后来，小狗被成功地训练成了孩子的好朋友和家中财产的守护神。

这对夫妇就是美国的前任副总统阿尔·戈尔和他的妻子迪帕。他们牢牢地记住了这句话——做一只狗要有目标。推而广之，做一个人也要有目标。

在现实生活中，却有太多太多的人，没有目标。其实寻找目标并不是一件太难的事，关键是你要知道天下有这样一件唯此唯大的事，然后尽早来做。正是你自己需要一个目标，而不是你的父母或是你的老师或是你的上级需要它。它的存在，和别人的关系都没有和你的关系那样密切。也就是说，它将是你最亲爱的伙伴，与其血肉相连的程度，绝对超过了你和你的父母，你和你的妻子儿女，你和你的同伴及领导的关系。你可能丧失了所有的财产和所有的亲人，但只要你的目标还在，你就还有一个完整的系统存在，你就并不孤独和无望。

我们常常把别人的期待当成了自己的目标，在孩童的时候，这几乎是顺理成章的事情。但是，你会渐渐地长大，无论别人的期望是怎样的美好，它也不属于你。除非有一天，你成功地在自己的心底移植了这个期望，这个期望生根发芽，长成了你的目标。那时，尽管所有的枝叶都和原本的母本一脉相承，但其实它已面目全非，它的灵魂完完全全只属于你，它被你的血脉所濡养。

我们常常把世俗的流转当成自己的目标。这一阵子崇尚钱，你就把挣钱当成了自己的目标。殊不知钱只是手段而非目标，有了钱之后，事情远远没有结束。把钱当成目标，就是把叶子当成了根。目标是终极的代名词，它悬挂在人生的瀚海之中，你向它航行，却永远不会抵达。你的快乐就在这跋涉的过程中流淌，而并非把目标攫为己有。从这个意义上说，钱不具备终极目标的资格。过一阵子流行美丽，你就把制造美丽保存美丽当成了目标。殊不知美丽的标准有所不同，美丽是可以变化的，目标却是相当恒定的。美丽之后你还要做什么？美丽会褪色，目标却永远鲜艳。

　　有人把快乐和幸福当成了终极目标，这也值得推敲。快乐并不只是单纯的快感，类乎饮食和繁殖的本能。科学家们通过研究，发现最长远最持久的快乐，来自你的自我价值的体现。而毫无疑问，自我价值从属于你的目标，一个连目标都没有的人，何谈价值呢！

　　一棵树的目标也许是被雕成大厦的栋梁，也许是撑一把绿伞送人阴凉，也许是化作无数张白纸传递知识，也许是制成一次性筷子让人大快朵颐……还有数不清的可能性，我们不是树，我们不可能穷尽也不可能明白树的心思。我们是人，我们可以为自己确立一个目标，这是做人的本分之一。

图书在版编目（CIP）数据

一个人就是一支骑兵 / 毕淑敏著 . -- 长沙：湖南
文艺出版社，2020.6
ISBN 978-7-5404-9337-0

Ⅰ . ①一… Ⅱ . ①毕… Ⅲ . ①散文集－中国－当代
Ⅳ . ① I267

中国版本图书馆 CIP 数据核字（2019）第 140662 号

上架建议：名家经典 · 散文

YI GE REN JIUSHI YI ZHI QIBING
一个人就是一支骑兵

作　　者：毕淑敏
出 版 人：曾赛丰
责任编辑：薛　健　刘诗哲
监　　制：邢越超
策划编辑：董晓磊
特约编辑：尹　晶　徐　洒
营销支持：张婉希
版式设计：李　洁
内文插图：视觉中国
封面设计：尚燕平
出　　版：湖南文艺出版社
　　　　　（长沙市雨花区东二环一段 508 号　邮编：410014）
网　　址：www.hnwy.net
印　　刷：天津丰富彩艺印刷有限公司
经　　销：新华书店
开　　本：880mm×1270mm　1/32
字　　数：153 千字
印　　张：7.5
版　　次：2020 年 6 月第 1 版
印　　次：2020 年 6 月第 1 次印刷
书　　号：ISBN 978-7-5404-9337-0
定　　价：49.80 元

若有质量问题，请致电质量监督电话：010-59096394
团购电话：010-59320018